僕を残して、君のいない春がくる

此見えこ

STARTS
スターツ出版株式会社

それは決して、優しさなんていえるほどきれいなものではなかった。
もっと身勝手で薄汚い、哀《あわ》れみと優越感が胸に湧いたからだった。
あの日、俺が彼女に、近づいたのは。

だけど彼女が、教えてくれた。
世界でいちばんきれいなものを、俺に見せてくれた。
そうして俺に、決して解けない魔法をかけた。

だから、もうあの日の彼女を忘れない。
きっと一生、求めて、追いつづけていくのだ。

——あの日見た、彼女の最後の笑顔を。

目次

第一章　優越感と気まぐれ　9
第二章　臆病者の恋　75
第三章　ぜんぶ、きみのせい　137
第四章　眠りにつくまで　185
第五章　きみと歩いた道　229
第六章　きみと歩いていく道　257
あとがき　270

僕を残して、君のいない春がくる

第一章　優越感と気まぐれ

「久世《くぜ》さーん、もう消しちゃっていいー?」

「あっ、うん! 大丈夫!」

間髪《かんはつ》入れず彼女が返した答えに、俺は思わず眉を寄せた。

質問を投げたのは、教壇のところに立っている日直の男子。彼の後ろにある黒板には、先ほどの授業で英語の先生が書いた、だいぶ癖のあるアルファベットが並んでいる。

黒板消しを手にした彼は、さっきから少し苛立《いらだ》った様子で、彼女のほうをちらちら見ていた。

窓際のいちばん前の席。教室内でひとりだけ、まだ黙々と板書をノートに書き写していた彼女を。

彼女もきっと、迷惑そうなその視線に気づいていたのだろう。どう見てもまだ途中だったのに、耐えかねたように彼がそう訊《き》いてきた瞬間、ぱっと手を止めて即座に頷《うなず》いていた。

——いや、大丈夫じゃないだろ。

俺は心の中でだけ呟《つぶや》いて、こっそりため息をつく。

日直のやつだって、訊くまでもなくわかるだろうに。彼女がまだ全然、ノートをとれていないことなんて。

気にした様子もなく、彼は彼女の返答を聞くなり、さっさと黒板を消しはじめた。何の気遣いもない速さで。

容赦《ようしゃ》ないなあ、なんて思いつつ、だけど彼が、いつもこんなに冷たいわけではないことを俺は知っていた。もし今、必死にノートをとっているのが彼女ではないべつのクラスメイトだったなら、彼はもっと待ってあげたはずだ。せめて、次の授業が始まる五分前ぐらいまでは。

容赦がないのは、それが彼女だからだ。

彼だけではない。誰が日直だったとしても、彼女のことは待ってくれなかっただろう。きっと。

久世みのり。

それが彼女の名前だった。

高校に入学して半年が経った今も、まだ一度も彼女とまともに話したことはない。それでも下の名前までばっちり覚えているのは、ただ単に、彼女が目立つから。

これ以上なく、悪い意味で。

そもそも、さっきの授業の板書はたいして多くなかった。のんびりノートをとっていても、授業中だけで充分書き写せる量だった。

久世みのりがノートをとれなかったのは、彼女の責任だ。

彼女が、授業が始まるなり机に突っ伏して、寝息を立てはじめたから。

だけど先生が、そんな久世に対してなにか言うことはなかった。最前列の席で堂々と眠る彼女を、完全無視して授業を進めていた。

英語の先生がとくべつ冷淡だというわけではない。この学校の先生は皆、そうだった。

久世にはなにも言わない。授業中に寝ていても、咎《とが》めもしない。かまっていたらキリがないからかもしれない。

久世は授業中、本当によく寝る。うたた寝どころではなく、最初から最後まで爆睡していることも多い。しかも、それが当たり前のような態度で。

いつからこうなったのかなんて覚えていない。最初は怒られていたような気もするし、あまりに彼女が悪びれずに眠るから、先生たちも最初からあきれてなにも言っていなかったような気もする。

怒ってもらえるうちが華だなんていうけれど、彼女を見ていると、本当にそうだなあ、と思う。

とにかく彼女はもう、あきらめられていた。先生たちからも、クラスメイトたちからも。

斜め後ろの席から、俺はちらっと久世の横顔を見てみる。

あきらめたようにノートを閉じる彼女の表情は、いつもと同じ穏やかなものだった。たいして困った様子も、傷ついた様子もない。淡々と机の上を片づけ、鞄《かばん》にしまっている。彼女はいつもそうだった。だからいつしか、クラスメイトたちも気にしなくなった。彼女が授業中、うたた寝どころではなく最初から最後まで爆睡していても。そのせいで一文字もノートがとれていなくても。

——困らないわけ、ないのに。

さっきの授業、先生は黒板に書いた文法を指して、「これテストに出すぞー」とか言っていた。だから皆、必死にノートをとっていたのに。

だけど久世にはもう、それを知るすべはない。黒板は消されてしまったし、誰も久世にノートを貸してあげたりはしないだろう。彼女に友達がひとりもいないことは、知っていた。

どうしてそんな気になったのかは、自分でもよくわからなかった。

だけど気づけば、俺は立ち上がっていた。

さっき書き写した英語のノートを手に、久世のもとへ歩いていく。

「——なあ、これ」

彼女の席の前に立ち、ノートを差し出す。

「へっ?」と弾かれたように顔を上げた彼女は、目を丸くして俺の顔を見つめながら、

「え、え、なに?」

「なにって、ノート」

ぱちぱちと短くまばたきをする彼女へ、俺は再度ノートを差し出した。

「貸すよ。写していいよ」

彼女にとっては、これ以上なくありがたい申し出のはずだった。

誰も助けてくれる人なんていない、先生にすら見放された彼女に、俺だけが今、こうして手を差し伸べてやっているのだから。

ありがとう、と彼女は俺の手に飛びついてくるはずだった。だから俺も、数秒後のそんな光景を想像して、優しいクラスメイト風の笑顔を作っていたのに、

「あ、ううん、大丈夫だよ。ありがとね」

彼女の手はノートを素通りして、ひらひらと彼女の顔の前で揺れていた。

「……は? 大丈夫って」

「ノートは大丈夫。間に合わなかったのは仕方ないし、もうあきらめてるから」

朗《ほが》らかな笑顔で、当たり前のように彼女が言う。

遠慮して言っているわけでもなさそうだった。彼女の口調は、断ることにまったく迷いがなかったから。

予想外の返答に、一瞬反応が追いつかなかった。

ぽかんとして彼女の顔を見つめてしまった俺に、

「でもありがとう。気にしてくれて、うれしいな」

弾んだ声でそう言って、彼女はくしゃりと笑う。その言葉にも笑顔にも、嘘は見えなかった。本当に、うれしそうだった。目を細め、歯を見せて、幼く目一杯に笑っていた。

だからよけいにわからなかった。どうして彼女は、俺の申し出を断ったのか。この状況なら、百パーセント喜ばれると思っていたのに。

――そうだ。だから、声をかけたのに。

かわいそうな彼女を助けて、感謝されて、ほんの一時の充足感を味わうために。

わけがわからなくて困惑していると、

「あ、先生来たよ」

「え」

久世に言われて振り向くと、次の授業の日本史の先生が教室に入ってくるところだった。

「じゃあね。ほんとにありがとう、成田《なりた》くん」

急《いそ》いで自分の席に戻ろうとした俺の背中に、ふたたびそんな感謝の言葉が投げられる。噛《か》みしめるようなその口調に、俺はまた困惑した。

本当に、うれしそうだったのに。

一瞬問い詰めたくもなってしまったけれど、そこで先生が授業の開始を告げたため、彼女が受け取らなかったノートを手にしたまま、なんとなく釈然《しゃくぜん》としない気分で椅子に座るしかなかった。


次の授業も、久世はあいかわらずだった。

開始直後こそ、いつになく上機嫌な様子で、シャーペンを指でくるくると回したり（そして取り落としたり）していたが、すぐにその動きは鈍《にぶ》くなり、そう時間が経たないうちに頭が前後に揺れはじめた。

彼女に、眠気に抗《あらが》う気なんてものは最初からないらしい。眠そうだなあ、と思った数分後には、揺れていた彼女の頭は机に突っ伏していた。

さっきもさんざん寝ていたくせにまだ眠いのか、といっそ感心してしまう。

まあ今更だけど。

高校生活が始まってから半年、久世がまともに授業を受けている姿なんて、ほぼ記憶になかった。たいていこんなふうに寝ているか、そもそも教室にいないかだ。

授業中に眠りこけるのと同じぐらいの頻度で、彼女はよく授業をサボってもいた。

「あー、目障《めざわ》り」

プリントを回すために後ろを向いたところで、後ろの席の鹿島《かしま》がぼそっと呟いた。

「なにが」と小声で聞き返せば、鹿島は目線で斜め前にいる久世のほうを示してみせ、

「ああいうやつがいるとやる気削がれるよなあ、ほんっと」

「いいじゃん、べつに。視界に入れなきゃ」

「嫌でも入ってくんだろ。斜め前にいるんだから。あー、早く席替えしたい」

虫の居所でも悪いのか、いつになくイライラした様子でぼやく鹿島に曖昧《あいまい》な相槌《あいづち》だけ打ってから、俺はまた前を向き直る。

そうするとたしかに、久世の丸まった背中が否応《いやおう》なしに目に入ってきて、鹿島の苛立ちにもちょっと同意した。

鹿島のように、久世に対して苛立っているクラスメイトは少なくない。

いちおう進学希望者の多いこの高校の生徒たちは、皆そこそこ真面目だ。たいていのやつが授業ぐらいは真面目に受けているし、久世みたいにしょっちゅう授業をサボったり、授業中堂々と眠りこけるやつなんて他にはいない。

まあ、クラスメイトがひとり授業を真面目に受けないところで実害があるわけでは

ないし、普段は皆あきれている程度だけれど。

ときどき、久世のあまりのやる気のなさに、苛立っているやつもいる。さっきの鹿島みたいに。

かくいう俺も、たまにイライラした。テスト前、ピリついているときとか。

俺からしたら、授業中に寝ることも、ノートをとらないことも、ぜったいにあり得ないから。


「成田くん、お願いっ。ノート見せてくれないかな?」

授業が終わるなり、俺の机の前に立った宇佐美《うさみ》が、そう言ってぱんっと手を合わせてきた。

聞き慣れた台詞だった。週に三、四回ぐらいの頻度で、俺はこのお願いをされる。

宇佐美だけでなく、ときどき、たいして仲良くないクラスメイトからも。

「さっきの授業、ちょっと居眠りしちゃってさ、ノートとり損ねたところがあって……」

「いいよ、どーぞ」

中でも、特に宇佐美はよく借りにきた。ノートを借りる相手は俺と決めているのか、彼女が他のクラスメイトから借りている姿は見たことがない。

合わせた両手の指先を口元に当て、上目遣いにこちらを見てくる宇佐美に、俺は短く返してノートを差し出す。

途端《とたん》、宇佐美はぱっと顔を輝かせた。「ありがと！」と明るい声で笑って、少し癖のあるセミロングの髪を耳にかける。

「助かる！　成田くんのノート、ほんときれいでわかりやすいから」

「だろ」

クラスメイトたちが俺に頼むのは、きっと信用があるからだ。ノートのきれいさやわかりやすさというより、俺ならぜったいに、間違いなくノートをとっているという。

たしかに俺は今まで一度も、ノートをとり損ねたことなんてなかった。

「昼休みまで借りててもいいかな？」

「いいよ、べつに今日一日中でも」

「ほんと？　ありがとう！」

両手で大事そうにノートを受け取る宇佐美の向こう、まだ机に突っ伏したままの久世の姿が見えた。授業が終わったことにすら気づいていないような熟睡っぷりだ。周りのクラスメイトたちももう慣れた様子で、誰も起こそうとはしない。

「あー、あいかわらずよく寝てるね。久世さん」

俺の視線の先に気づいたらしい宇佐美が、久世のほうを振り返って苦笑する。

「すごいよね、ある意味。不安にならないのかな。授業についていけなくなっちゃうかも、とか」

「ならないんじゃないの」

宇佐美の口にした心配は久世とはあまりに縁遠い感じがして、俺も思わず笑ってい
た。さっき向けられた久世の言葉を思い出しながら、続ける。

「なんかもう、あきらめてるらしいし」

「え、なにを？　進学？」

「たぶん。知らないけど」

「えー、あきらめるの早くない？　まだ高一の秋だよ」

宇佐美は肩をすくめてから、「じゃあ、借りていくね」と笑って踵《きびす》を返した。

宇佐美がいなくなると、久世の姿がまっすぐに視界に入ってきた。

——もうあきらめてるから。

さっきの久世の声がいやに耳に残っていることに、今気づいた。

きっと、彼女が〝あきらめた〟のは英語のノートだけではない。宇佐美の言ったように、きっと進学も、彼女はすでにあきらめている。それぐらい、普段の彼女を見ていればよくわかった。

そして彼女があきらめたのは、至極《しごく》当然だということも。

早くなんてない。半年もあれば充分だったはずだ。久世はたぶん知ったのだろう。高校生活が始まって、授業を受けていくうちに。自分が勉強ができないこと。どんなに頑張っても、周りの生徒たちについていけないこと。だから頑張ることをやめたのだ、きっと。届かないものに手を伸ばしつづけるのは、血反吐《ちへど》が出そうなほど苦しいから。

——俺だって、それぐらいならよく知っていた。

家に帰ると、母がやたら上機嫌だった。晩ご飯の準備をしながら、鼻歌なんて歌っている。

理由はすぐにわかった。俺の少しあとに兄が帰ってくると、

「日向《ひなた》。どうだった？　結果」

期待を隠しもしない弾んだ声で、母が真っ先に兄へ訊《たず》ねていた。料理の手を止め、タオルで手を拭ってから、兄のもとへ歩いてくる。

そして兄はいつだって、その期待を裏切らない。

「ん、こんな感じ」

鞄から取り出した細長い紙を、兄が母へ差し出す。

それを受け取った母は、ぱっと表情をほころばせ、

「さっすが！　頑張ってたもんね」

「まあ、前回よりは落ちたけど」

「充分充分。また一位じゃない。難しかったんでしょ、今回のテスト」

うれしさと誇らしさに満ちた母の高い声が続くのを、俺はリビングのソファでぼんやり聞いていた。

しばらく成績表を眺めてから、母は満足そうな様子で料理に戻る。さっきより音量を上げて、鼻歌も再開する。

今日の母は、朝からこんな調子だった。

兄の、定期テストの結果が返ってくる日。母はこの日が大好きだ。

兄の結果はぜったいに、母を喜ばせてくれるから。

その少し音が外れた『スタンドバイミー』を聞きながら、俺はスマホに視線を戻す。

おもしろくはないけれど他にすることもないので、クラスのグループラインで交わされている会話を何とはなしに眺めていたら、

《今日返ってきた中間やばい。ぜったい親にキレられる》

と誰かが発言した。

それにぽんぽんと、適当なスタンプが返ってくる。笑っていたり、慰めていたり。

眺めているうちに口の中に苦いものが広がってきて、俺はスマホを閉じた。

ソファから立ち上がり、リビングを出ていこうとすると、

「あ、晴《はる》。もうすぐご飯できるからねー」

という母の声が背中にかかった。

うん、と返事をしながら振り返る。母は手元のフライパンを見ていて、目は合わなかった。


自分の部屋に戻り、鞄から成績表を引っ張り出す。さっき兄が母に見せていたものとよく似た、細長い紙。奥のほうに乱雑に突っ込んでいたせいで、ぐしゃぐしゃになっていた。

しわを伸ばそうとして、すぐに、まあいいか、と思い直す。

どうせ誰も見ないから。
77、80、85、82……。
歪《ゆが》んだ文字で、なんともぱっとしない数字が並んでいる。

いちばん端に載っている校内順位は、二十七位。本当に、ぱっとしない。

まあ、仮にここが一位だったとして、通っている高校の偏差値自体が低いので、兄に比べればたいしたことはないのだけど。現実はそんな低ランクの高校でこの順位な

のだから、もう救いようがない。

今日は俺の高校でも中間テストの結果が返ってくる日だったなんて、きっと母は知らない。訊かれていないから、教えていないし。

いつから訊かれなくなったのだろう。

入学したばかりの頃は、定期テストの成績も小テストの成績も、訊ねられて母に見せていた気がする。だけどそのたびこんなぱっとしない結果を見せられて、母も嫌になったのだろう。兄の成績表みたいに、見るだけでテンションが上がるようなものでもないし。

母の気持ちはよくわかる。だからべつに、それについてなにか思うことはない。当然の差だと思うだけ。お前はだめだ、とか、お兄ちゃんに追いつけるように頑張りなさい、とか、きついことを言われるわけでもないし。昔はちょっとだけ言われていたような気もするけれど、今はもう何もない。だから何の問題もない。いたって平和。

ただ、期待されていないだけ。

あきらめられた、だけ。

ふと思い立って、俺はまたスマホを取り出した。さっきまで眺めていたグループラインの、メンバー一覧を開く。ずらっと並んだ名前を、上から順に眺めていく。

ほとんど全員のクラスメイトが参加しているその中に、やはりというか、久世みのりの名前はなかった。


「久世」

翌日。一限目の数学が終わったところで、俺は久世の席へ行き、声をかけた。

ちなみに先ほどの授業も、彼女は九割方寝ていた。

もちろんノートなんて一文字もとっていなかったし、日直がさっさと黒板を消しはじめた今も、まだ机に突っ伏したまま動かない。

「授業終わったけど。起きて」

我ながら変な台詞だと思いつつ、彼女の後頭部にそんな声を落とす。

しかしそれでも、彼女は起きなかった。ちょっとためらったあとで彼女の肩に触れ、軽く揺する。

「久世ってば」

そこでようやく、彼女は夢の世界から帰ってきたようだった。

ぴくっと頭が動いてから、伏せられていた彼女の顔がゆっくりと上がる。

「……え」

長い前髪のあいだから、まだぼんやりとした双眸《そうぼう》が俺を見上げた。

「成田くん？」

「うん。ほら、これ」

彼女が完全に覚醒《かくせい》しきるのを待たず、俺は手にしていたノートを彼女に差し出した。

さっきの、数学の授業のノート。

突然眼前に突きつけられたそれを、久世は寝起きの曖昧な目で眺めながら、

「えっと……なに？」

「なにって、ノート」

昨日も同じやり取りをしたな、と思いながら、俺は短くまばたきをしている彼女に突き出す。

「数学のノート。貸してやるよ」

久世はなんだかきょとんとした目で、俺の顔を見た。戸惑ったように、また何度かまばたきをする。

「え、なんで」

「さっきの授業寝てたから。ノートとってないだろ」

「でも私、もういいんだって……」

「久世があきらめてるのはわかったけど。でも進学はしないにしても、定期テストぐらいは赤点とらない程度に頑張っとかないと、留年するかもしれないし。だから」

つらつらと並べた理由は、なんだか自分へ言い聞かせる言い訳のようだった。

――そう、久世のため。

久世が、困るだろうから。

「このノート、とにかくテストに出そうなところまとめてるから。このノートだけでも完璧に覚えとけば、最低でも七十点は」

「あ……あの、あのね、成田くん」

つい早口にまくし立てていた俺の言葉を、久世がおずおずとさえぎる。

そうして申し訳なさそうに眉を下げた笑顔で、

「ごめんなさい」

だけどはっきりとした声で、そう告げた。

「私ね、たぶん、成田くんが思ってるレベルじゃないっていうか……。本当に全然、わかってないんだ。授業にも全然ついていけてないの。だからせっかくだけど、成田くんのノート借りたところで、どうにかなるような成績じゃないというか……」

――それはお前が、真面目に授業を受けてないからだろ。

困ったように指先で頬《ほお》を掻《か》きながら、言いづらそうにそんなことを言う久世に、喉まで出かかった言葉をなんとか呑《の》み込む。

代わりに、「大丈夫」とできる限りの笑顔を向けてみせ、

「今までの授業、理解できてなくても。このノートを覚えれば、次の定期テストはなんとかなるから」

「えっ、今までの内容全然わかってなくても?」

「大丈夫だよ。定期テストぐらいなら、わかってなくてもとれる」

「え、うそ。そうなの!?」

「そうだよ」

だって俺は、ずっとそうだった。

たぶんもう長いこと、理解なんてできていない。ただ定期テストは範囲が決まっているから、その範囲だけ完璧に暗記すれば、案外なんとかなっただけで。英語の文法も、数学の数式も。

そんなやり方で、今までずっと、乗り切ってきた。

自分の頭の悪さを、取り繕ってきた。

「だからとにかく、このノート貸すから写してみて。あとで英語とか日本史のノートも貸すよ。まとめてるから」

そう言って久世の机にノートを置けば、久世はしばし無言で俺を見た。

なにかを探すみたいにじっと、俺の目を見つめる。

その視線になんだか少し気恥ずかしくなって、俺が目を逸《そ》らそうとしたとき、

「なんでそんなに、親切にしてくれるの？」

純粋に理由がわからない、というような真っ白な口調で、久世が訊ねてきた。

だから俺は逸らしかけた視線を、久世の顔に戻した。

その口調と同じぐらい彼女の目もまっすぐで、一瞬、胸の奥が嫌な感じに波立つ。

だけどそれを抑えつけ、俺も彼女の目を見つめ返すと、

「なんか、心配だから」

笑顔を崩さないよう努めながら、言葉を返した。

「心配？」

「久世、このままだと赤点とって留年しちゃうんじゃないかと思って。よけいなお世話かもしれないけど、せっかく同じクラスになれたんだし、みんなでいっしょに進級したいじゃん。だから」

言いながら、あまりの安っぽさに笑ってしまいそうな台詞だった。

だけど久世は食い入るように俺の顔を見つめたまま、じっとその台詞を聞いていた。

だから俺も、視線を動かせなかった。作った笑顔を崩さないまま、久世の顔を見つめる。そうして続けた。

「頑張ろう。ぜったい、なんとかなるよ」

――本当に。

反吐《へど》が出そうな、台詞だった。


「成田くん、これ、ありがと！」

次の休み時間。そう言ってノートを返しにきたのは、宇佐美だった。

俺の机の前に立った宇佐美は、八重歯をのぞかせて明るく笑いながら、

「やっぱりきれいでわかりやすかったー、成田くんのノート。ほんとに助かりました！」

「どういたしまして」

俺も愛想良く笑って、返されたノートを受け取る。

それで宇佐美の用事は終わりかと思ったけれど、ノートを返したあとも彼女はなぜか立ち去ろうとしない。その場に立ったまま、どこか落ち着かない仕草で前髪を軽くいじっている。

なんだろう、と思っていると、

「……あのさ、成田くん」

しばし迷うような間を置いてから、宇佐美がおずおずと切り出してきた。

「さっき成田くん、久世さんにノート貸してなかった？」

「ああ、うん。貸したよ」

宇佐美の強張った口調は気になったけれど、嘘をつく理由もないので正直に頷けば、

「え……成田くんって、久世さんと仲良いの？」

「仲良いってほどじゃないけど。あんまり話したことないし」

「じゃあなんでノート貸したの？」

「なんでって、久世、さっきの授業のノートとり損ねてたみたいだったから。困ってるんじゃないかと思って」

いかにも優等生らしい笑顔を浮かべて、いかにも模範的な、思ってもいない理由を並べる。

「そ、そっか」と宇佐美はあいかわらずどこか強張った声で相槌を打って、

「やっぱり優しいよね、成田くん」

「……そうかな」

呟くように宇佐美が続けた言葉に、一瞬だけ、口元が引きつりそうになった。

だけどなんとか優等生らしい笑みは崩さないようにして、そんな適当な相槌を打ったとき、

「──あ」

「え？」

ふいに宇佐美が声を上げると同時に、眼前に白い手のひらが現れた。

思わず間の抜けた声が漏れる。

宇佐美の手だと理解した次の瞬間には、それは俺の前髪に触れようとしていた。俺の額を覆う、長めの前髪に。

途端、心臓が跳ね上がり、息が止まる。背中に冷たい汗が噴き出す。

咄嗟《とっさ》に、俺は身体を後ろへ引いていた。

宇佐美の手が俺の髪から離れる。それに反射的に安堵《あんど》していたら、

「え……ご、ごめん」

宇佐美の驚いたような声が聞こえて、はっとした。

宇佐美のほうを見ると、彼女は右手を宙ぶらりんに浮かせたまま、困惑した顔で俺を見ていた。

「髪に糸くずがついてたんだ。だからとろうかと思ったんだけど……ごめんね、急に触ったらびっくりするよね」

「い、いや、俺こそごめん」

まだ心臓はばくばくと落ち着かない。だけどなんとか落ち着いた表情を作ろうと、必死に努めた。

宇佐美が申し訳なさそうな顔をしていることに心苦しくなる。

なにをしているのだろう。べつに宇佐美は悪くない。彼女の言うように、髪につい

ていた糸くずをとろうとしてくれただけだ。なのに。

「ごめん、ほんと。ちょっとびっくりしただけで」

「ううん、あたしこそ。いきなりごめんね」

お互いなんとなくバツの悪い感じになってしばらく謝り合う。そこで助け船のように、始業を告げるチャイムが鳴った。

宇佐美があわてて自分の席に戻る。その背中を見送りながら、俺はゆっくりと息を吐いた。大丈夫だ、と心の中で呟く。長めに伸ばした前髪に、指先で触れる。

大丈夫、宇佐美には見えていない。

俺はちゃんと、隠せているはずだから。


その後もなんとなく気持ちが落ち着かなくて、昼休みになると俺は教室を出た。

最初はトイレに入ろうとしたけれど、中で数人の男子がしゃべっているのを見て、すぐにやめた。

どこか人のいない場所はないかと探しながら、校内を歩く。

そうしているうちに思い当たったのは、北校舎の空き教室だった。

北校舎にあるのは音楽室や美術室といった特別教室ばかりで、どの教室も基本的に授業中以外施錠されている。だから休み時間の北校舎は、いつもほとんど人がいなかった。

だけどその中にひとつだけ、なににも使われずあまっている教室があるのを、前に見つけていた。三階のいちばん奥、汚れた机や椅子がいくつか乱雑に置かれているだけの、空き教室を。

渡り廊下から北校舎に移り、迷いなく階段を三階まで上がる。そのあいだ、ほとんど無意識に指先で前髪をいじっていた。

先ほど、宇佐美がなにげなく、ここに触れようとしたときから。

授業中もずっと、気になって仕方がなかった。落ち着かなくて、じっとしていられなくなって、それで視線から逃げるように教室を出てきたのだ。

わかっていた。べつに宇佐美はなにかに気づいたわけではない。ただ、糸くずをとろうとしてくれただけだ。なのに。

気になりはじめたら、もうだめだった。一度、鏡で確認したくてたまらなくなった。手鏡なら日頃から持ち歩いているし、今も制服のポケットに入っている。けれどさすがに、教室で堂々とそれを取り出すのは憚《はばか》られて。

——男の子なんだから、そんなに気にしなくてもいいじゃない。

いつだったか、母に言われた言葉。

あきれたような、どこか少し、悲しそうにも見える顔で。

たぶん小学生の頃の俺が、あまりに額の痣《あざ》を気にして、顔を隠してばかりいたから。

その表情と声が、今でも奇妙なほどくっきり、脳に焼きついていた。


早足に廊下を奥へ進み、空き教室に入る。そうして窓際まで歩いていくと、壁にもたれかかり、ポケットから手鏡を取り出した。

長めに伸ばした前髪の、右のほうをかきわける。その下に隠れていた額を、鏡に映してじっと見る。

今朝もそこに塗った、コンシーラー。それは今日も完璧に、本来そこにある赤い痣を、隠してくれている。

大丈夫だ。いつもどおり。——ちゃんと、隠せている。

息を吐いて、今度は反対側のポケットに手を入れた。教室を出る前、クラスメイトにバレないようこっそり鞄から持ち出してきた、それを取り出す。

手のひらに収まるサイズの、黒いスティック。キャップを外すと、マジックペンのような先端に、肌色のクリームがにじんでいる。

せっかくだし、塗り直しておくか。

ふとそんなことを思い立って、鏡を見ながらそれを額につけようとしたときだった。

がたっ、と物音がした。教室の後ろのほうから。

びくりと肩が揺れる。本当に一瞬、心臓が止まりかけた。

弾かれたように振り返ったそこにいたのは、人だった。

教室の後方に備えつけられた棚の上。ひとりの女子生徒が、横向きに寝ころんでいた。

「は……？　え？」

理解が追いつかなくて、引きつった声がこぼれる。

カーテンが閉められた教室内は、薄暗くはあった。だけど日の光はカーテンを透かして差し込んでいるし、真っ暗というわけではなかった。

だからこちらを向いていたその女子の見知った顔も、すぐに捉えることができて。

「く、久世……？」

え、いつから？　いつからいた？

混乱する頭で俺は必死に考える。

最初、この教室に入ったとき。そういえば俺は、室内を確認しただろうか。誰もいるはずはないと思い込んでいて、教室の後方なんて見もしなかった気がする。

——だったら、最初から。

久世は、ずっと……？

思い至った途端、ざあっと顔から血の気が引いた。

拍子に指先からコンシーラーがすべり落ち、床にぶつかる。かん、という固い音が、いやに大きく響いた。

久世の目は開いていた。

まっすぐに、こちらを見ていた。

さっきみたいな寝起きのぼんやりした目ではなく、大きく見開かれた、しっかりとした双眸で。

「えっ」

驚いたようなその表情のまま、久世が勢いよく身体を起こす。

「それって！」

興奮したように声を上げた彼女が指さしたのは、床に転がるコンシーラー。

それに気づいた途端、よけいに絶望感が増した。

――終わった。完全に。

手鏡で顔を確認する姿だけでなく、コンシーラーまで。しかもそれを自分の顔に塗ろうとしていた姿まで、ばっちり見られた。

理解が追いつくと同時に、頭の中が暗くなる。指先から熱が引く。

咄嗟に考えを巡らせたけれど、ここまで見られておいてうまい言い訳なんてできそうにもなくて。

——もうだめだ。終わった。

男のくせにコンシーラーを持ち歩いている、きもいやつ。

今後クラスメイトから叩《たた》かれることになるであろう陰口を想像して、凍ったようにその場に立ちつくしていたとき、

「すごーい！　それ、ファンデーションってやつだよね！」

「……は？」

ぱっと顔を輝かせた久世が、コンシーラーを指さしたまま弾んだ声を上げた。

彼女の口にした見当外れな単語に、思わず間の抜けた声をこぼせば、

「わあ、いいな！　ね、ちょっと見せてもらってもいいかな!?」

言うが早いか、彼女は棚から下りてこちらへ駆け寄ってきた。

俺がなにも答えていないうちに、床に転がるコンシーラーを拾う。そうしてキラキラした目で、顔の高さに持ち上げたそれを眺めながら、

「すごい、すごい。これ、顔に塗るんだよねっ？　塗ったらすごいきれいになるんでしょ？」

「……まあ」

「わー、いいな。ファンデーション、すごいなあ。成田くん、こんなの持ってるなんて！」

お宝でも見つけたみたいに、ひとりで興奮気味に久世がまくし立てる。

頬を上気させ、ひどく熱心にそれを見つめる彼女に、

「……ファンデーションじゃなくて、それはコンシーラーだけど」

「へ、なんて？　こん？」

「コンシーラー。……久世って、普段化粧とかしないの？」

その小学生みたいな反応に、つい気になって訊いてしまうと、

「うん、しない。したことないなあ、そういえば。朝は時間もないし」

あっけらかんと答える久世の肌は、たしかに化粧なんて必要ないぐらいきれいだった。あまり日に当たっていないのか、抜けるように白い肌には透明感があって、毛穴も目立たない。もちろん傷もシミもひとつもない。……うらやましいぐらいに。

「ね、ね、それよりっ」

初めて間近で見たそのきれいさに、一瞬目を奪われかけたときだった。

ぱっと顔を上げた久世が、満面の笑みで俺を見て、

「お願い！　これ、少しだけ使っちゃだめかな？」

「……え」

「本当に少しだけでいいの。少しだけ、塗ったらどんな感じになるのか見てみたいなって……」

期待に満ちた幼い表情で、じっと俺の顔を見つめてくる久世の目を、俺も黙って見つめ返した。

彼女の表情にも口調にも、なにも裏なんて見えなかった。

本当にただ、今の彼女はコンシーラーに心を奪われていて、それ以外のことなんてなにも考えていないのだろう。きっと。

「あ、だめ、かな……?」

俺が答えないことになにを思ったのか、彼女の表情が少し曇る。

その子どもみたいな顔と弱くなった言葉尻に、いつの間にか強張っていた身体から、ふっと力が抜けるのを感じた。

——さっきは、もう完全に終わった、なんて思ったけれど。

やっぱり、たぶんセーフだ。まだ。

だって、相手は久世みのりだった。クラスで思いきり浮いている彼女に、そもそも俺の秘密を言いふらすような友達もいないはずだし。

それにちょうどよく、俺はさっき彼女に恩を売ってもいる。定期テストの出題範囲を的確にまとめた、これ以上なく有用なノートを貸してやったばかりではないか。泣いて感謝してもらってもいいぐらいのことをしてやっているのだ。そのわりに久世の反応は薄かったけれど、ともかく。

——これなら、たぶんまだ、なんとかなる。

「……久世」

「うん？」

覗《のぞ》き込むように俺の顔を見つめていた久世の手から、俺はコンシーラーを取る。

そうしてまっすぐに、久世の目を見ると、

「だめじゃないからさ、ひとつ、約束してほしいんだけど」

「え、なに？」

「このことは、誰にも言わないって」

じっと久世の顔を見つめたまま、できる限り真剣な表情を作って、ゆっくりと告げる。口調も、できるだけ切実な、訴えかけるようなものを意識した。

「このこと？」

「だから、俺が……これを、持ってたこと、とか」

「えっ、なんで？」

久世からはきょとんとした調子で聞き返され、俺は一瞬、あっけにとられた。

「いや、なんでって」困惑しながら早口に言い返す。

「知られたらヤバいだろ。男のくせに化粧してるとか……」

当然のことを言ったつもりだったのに、そこでなぜか「えっ」と驚いたような声が上がった。久世が目を丸くして俺を見る。

「成田くんって、化粧してるの!?」

……あ。

墓穴を掘ったことに気づいたのは、そこでだった。

間抜けに口を開けたまま、思わず固まる。

そうだ。べつに化粧道具を持っているところを見られたからといって、それが俺の私物かどうかなんてわかりようがなかったのだ。落とし物を拾っただけだとかクラスの女子にちょっと借りただけだとか、いくらでも嘘のつきようはあったのに。

「あ、い、いや」咄嗟に弁明しようと、俺は口を開きかける。

だけどうまい言い訳が思いつかないうちに、「え、すごい、すごいね!」と久世がますます興奮したように高い声を上げた。

「じゃあさ、もしかしてこれ以外にも化粧道具持ってたりするの？　あっ、そうだ、あれは？　アイシャドウ、だっけ。あれも持ってる？　私ね、あれ憧れてるの。前にね、女優さんが水色のきれいなやつつけてるの見て、私も一回つけてみたいなあって思ったんだ！　化粧道具見たら急に思い出した！　ね、ね、持ってる？」

よりいっそう目を輝かせた久世が、食いつくような勢いでまくし立ててくる。顔までぐっとこちらに近づけてきた彼女に、思わず身体を引きながら、

「……いや、持ってるわけないだろ。化粧するって言ってもファンデとコンシーラーぐらいだし。アイメイクとかしないから」

そもそも俺は、きれいになるために化粧をしているわけではない。ただ、額の痣を隠すため。それだけだ。断じて趣味だとかではなく、不可抗力のようなものなのだから。

「えー、なんだ、そっかあ」

俺の返事を聞いて、久世はあからさまにがっかりした顔になる。

だけどすぐに、気を取り直したようにまた笑顔になって、

「じゃあとりあえず、その、コンシーラー？　だけでもちょっと使わせてほしいな。ほんの少しでいいから。どんなふうにきれいになるのか見てみたいんだ」

言って、久世はとんとんと自分の頬に指先で触れる。

透けそうに白いその肌を、俺は思わずじっと眺めた。眉を寄せる。

……どこに使うというのだろう。

コンシーラーは、肌の気になる部分を隠すためのものだ。

久世の肌の、いったいどこを隠すというのか。

思ったら、声が知らぬ間に、喉から転がり落ちていた。

「……ない」

「へ？」

「ないよ。久世の顔に、コンシーラー塗るところなんて」

隠すような傷もシミもニキビ跡も、そこにはなにひとつないのに。

むしろ塗ったほうが、肌の色がくすみそうだった。そもそもこのコンシーラーは俺の肌色に合わせてあるから、間違いなく久世には合わない。

だから、

「塗らないほうがいいと思う。久世、せっかくきれいなんだし、なんかもったいないっていうか……」

そこではっとして言葉を切ったときには、もう遅かった。

目の前にある久世の目が、大きく見開かれる。頬が上気《じょうき》して、薄く開かれた唇から、声がこぼれる。

「……きれい」

ぼそっと呟かれたのは、数秒前の俺の言葉で。

久世が繰り返したその響きを聞いた途端、いっきに顔が熱くなった。

「あっ、い、いや、その」あわてて口を開くと、ひどく不格好に上擦《うわず》った声があふれ

る。そのことによけいに焦って、

「肌が！　肌がさ、傷とかなんにもなくて、きれいだから、久世」

「あ、う、うん……」

「化粧するなら肌じゃなくて、久世は目とか口元とか、そっち系のほうがいいんじゃないかって。さっき久世も言ってた水色のアイシャドウとかさ、たしかに似合いそうだし、そっちしてみればいいんじゃ」

「えっ……ほ、ほんとに？」

咄嗟にまくし立てていた言葉を、久世が驚いたように拾って聞き返してくる。

え、と俺もちょっと驚いて言葉を切れば、

「ほんとに私、そういうの似合うかな？　水色のアイシャドウとか……」

少し恥ずかしそうな、だけどキラキラとした期待に満ちた目が、じっと俺を見つめてくる。子どもみたいな、心底まっすぐな視線だった。

その顔を、俺もしばし無言で見つめた。

思えば、こんなにも近くで真正面から久世の顔を見たのは、初めてだった。いつも机に突っ伏して寝ている、そんな姿しか印象になかったから。

全体的にパーツは小ぶりで、決して派手な美人というわけではない。けれど配置は悪くないし、目鼻立ちは整っている。肌は本当に白くてきれいだし、少しアイメイクでもしたら、いっきに華やぎそうな気もする。

「……似合うと、思う」

こぼれ落ちるように返していたのは、きっとなんの混じりけもない、本心だった。

――見たい、と。

一瞬、思ってしまった。

できるなら、俺が、久世を――。

ふいに頭の片隅を、そんなあり得ない願望がよぎったとき、

「ね、ね、成田くん。あのね」

久世がうれしそうに続けたのは、まるで、そんな俺の頭の中を見透かしたような言葉だった。

「成田くんって、普段からお化粧してるんだよね？」

「いや、化粧っていうか、ただファンデ塗ってるだけ……」

「でも、日頃からそんなふうに化粧品扱ってるっていうことは、私よりずっと経験値は高いはずだよね！」

「……経験値？」

急に力強く語りはじめた久世の意図がわからず、戸惑いながら聞き返すと、

「そう、お化粧の経験値！　私ね、生まれてこの方、本当に一回もお化粧やったこと

ないんだ。だからお化粧のこと、なんにもわからないの。でもね、成田くんの言葉聞いたら、今、やってみたくてたまらなくなっちゃったんだよ。だからね」

久世はこれ以上ない名案が見つかったという様子で、熱く言葉を継いだ。こちらへぐっと顔を突き出し、本当に食いつきそうな勢いで俺を見て、

「成田くん、私にお化粧教えて！」

「……は？」

「さっき言ってたアイシャドウの使い方とかも、全然わかんないんだ。だから成田くんに教えてほしいなって。そもそも、私が今こんなにお化粧がしたくてたまらなくなってるのも、成田くんのせいだし！」

「……いや、ちょ、待って」

めちゃくちゃな理論についていけなくなりながら、久世の言葉を制するように片手を挙げる。もう片方の手は、知らず知らずのうちに額を押さえていた。

「言っただろ。俺も経験値なんてない。アイメイクなんてしたことないんだって」

「でも成田くん、メイクのことくわしそうだから。さっきも、的確なアドバイスしてくれたし」

「く……くわしくねえよ」

さらっと久世が口にした言葉にぎょっとして、うっかり口調が乱れた。

それにまた焦ってしまったけれど、久世はそんな俺の動揺などかまう様子もなく、

「ううん、ぜったい私よりはくわしいよ。間違いない。私、本当にド素人なの。メイク用品の名前すらわかんないの」

なぜかドヤ顔でそんなことを言ってくる久世に、俺は思わず眉を寄せ、

「……じゃあ、勉強すりゃいいだろ」

「勉強？」

「スマホ持ってんなら、ネットで簡単に調べられるだろ。メイク用品の名前も手順も、今は動画とかもいっぱい上がってるし、そういうの見ながらやればド素人でも」

あまりの他力本願ぶりにちょっと苛立ちながら、俺はポケットからスマホを取り出す。そうしてお気に入り登録していた動画を開き、「ほら」と画面を久世のほうへ向けた。

「これとか、マジの初心者向けに作ってあるやつだし。こういうの見れば、久世も――」

「えっ！」

俺の言葉をさえぎり、久世がすっとんきょうな声を上げる。

驚いたように目を見開いた彼女が見ていたのは、画面ではなく俺の顔だった。

「すごい！　成田くん、こういうの見て勉強してるんだ！」

——そして俺はまた、墓穴を掘ったことに気づいたのだった。

「わー、わー」と興奮気味に声を上げながら、久世はスマホの画面に目を戻す。今更引っ込みもつかなくなって、俺はその体勢のまま、しばし久世にその動画を見せていた。

人気の美容家が、メイクのやり方を一から丁寧に解説している動画を。

「すごいねえ。成田くん、学校の勉強だけじゃなくて、メイクのこともこんなに勉強頑張ってるんだね。さすがだなあ」

いや、と言い訳のために口を開きかけたけれど、なぜだか声は出てこなかった。

称賛《しょうさん》してくれた久世の表情も声も、あまりにまっすぐで。彼女が心からそう思ってくれているのが、わかってしまったから。

久世は子どもみたいに輝く目で、かじりつくようにスマホの画面を凝視している。

その幼い表情を、俺はまた無言で見つめた。

久世の言葉を必死に否定して取り繕おうという気持ちが、あまり湧いてこないことに気づいていた。

墓穴を掘りすぎてあきらめた、というのもあるけれど。

久世ならいいや、と、心のどこかで思っていた。

彼女がバカだから、とか、友達がいないから、とか、そういう理由もあったけれど、それより。なんだか、──久世に、言いたいと思ってしまった。少しだけ。

そして彼女の言うように、彼女にメイクをしてやりたい、なんて。

「……言っとくけど」

「うん？」

「俺、本当にアイメイクは一回もしたことない。動画でやり方を見たことがあるぐらいで、実践は」

「え、動画を見たあとで自分にやってみたりしないの？」

「するわけないだろ」

不思議そうに向けられた質問に、俺はあきれて首を振ると、

「俺がアイメイクなんてしても似合わないし、きもいだけだし。それぐらい、自分でよくわかるから」

「えー、でも、やってみたくならない？　メイク動画を見るのは、アイメイクにも興味があるからでしょ？」

「……それは、まあ。でも自分の顔にはしたくないんだ。するなら、もっと」

──アイメイクが映えるような顔に、したかった。

そこでまた、真正面にいる久世とまっすぐに目が合う。胸の奥のほうが、淡く疼《うず》く。

もう無視できないぐらい、心の片隅で湧いたその衝動は、膨らんでいた。

コンシーラー、と俺は乾いた声で呟く。

「え？」

「コンシーラーのこと、誰にも言わないでくれるんだよな」

「あ、うん。成田くんが言ってほしくないなら」

「じゃあ」

気を抜くとにじみそうになる感情を必死に抑えつけながら、俺はできるだけ、平淡な声で告げる。

「いいよ」

「へ」

「化粧、久世に教える。俺も素人には変わりないし、あんま期待はしないでほしいけど」

「えっ、ほんとにっ⁉」

「コンシーラーのこと、マジで黙っててほしいから。交換条件ってことで」

——そう、交換条件。

自分の口にした単語が妙に心地よく胸に落ちて、言い聞かせるように心の中で繰り返してみる。

これは、交換条件だ。

俺は彼女に、知られたくない秘密を知られてしまったから。いわば弱みを握られたようなもの。だから彼女の頼みを聞くのは、致し方がない。

そう、仕方がない。

べつに、俺が望んだわけではない。断じて。

俺がやりたかった、わけではない。


その日の夜。俺は自分の部屋のベッドの上で、唸《うな》っていた。

「張りきりすぎた……」

目の前に並んでいるのは、先ほど調達してきたメイク用品。

睫毛《まつげ》を上げるためのビューラーに、アイラインを引くためのアイライナー。そして久世の言っていた、水色のアイシャドウ。最初に買う予定だったのはそれだけだったのに、気づけば予定外のものまでもりもり増えていた。

初心者に水色のアイシャドウはなかなか難易度が高い気がしたので、無難そうなブラウンとベージュも買っておきたくて。さらに久世の顔立ち的に似合いそうな気がしたので、ピンクとオレンジも欲しくなって。アイライナーも、どのタイプが久世に合うのかわからなくて、けっきょく三種類も買ってしまった。

おかげで財布はすっからかんだ。こんな散財をしたのは、たぶん、生まれて初めてだった。

自分でも驚くほど舞い上がっていることに、戸惑ってしまう。

——たしかに、興味がないわけではなかった。ずっと。

だから久世の言うように、やりもしないのにメイク動画なんてときどき見ていたのだ。


きっかけは、小学三年生の頃。初めて、コンシーラーを顔に塗ったときだった。

俺の顔には、生まれたときから赤い痣があった。

額の右下のほうだから、前髪を伸ばせば隠すことはできたし、大きさも十円玉ぐらいだったから、それほど気になるような痣ではなかったけれど。

少なくとも、小学三年生の春までは。俺はまったく、気にしてなんていなかった。

だから、

『うわ、なにそれ、傷？　痛そう。やだー、怖い』

クラスメイトの女子に言われたその台詞は、衝撃的だった。

視界が揺れて、つかの間、目の前が真っ暗になったぐらい。

嫌そうにぎゅっとひそめられた眉や、歪んだ口元といっしょに、一瞬で記憶にこびりついた。

　今までまったく気にしていなかったこの痣は、他の人から見れば〝痛そう〟で〝怖い〟ものなのだ。初めて突きつけられたその事実に、愕然《がくぜん》とした。

　それから俺は、痣を隠すことを意識するようになった。

　最初はただ前髪で隠していたけれど、身体を動かしたり風が吹いたりする拍子にあらわになってしまうのが嫌で、母の使っていたコンシーラーに目をつけた。

　初めてコンシーラーで痣を隠して、過ごした日。

　あの日の安心感は、ずっと忘れられない。

　久しぶりに、クラスメイトと真正面から目を合わせて話すことができた。ずっと怖かった視線に、びくつかなくなった。なにも気にせず、大口を開けて笑うことができた。

　小さな痣に、上から色を塗って、隠しただけ。

　ただそれだけのことだったのに、あのコンシーラーは、俺を守ってくれる鎧《よろい》みたいだった。

　怖かったものが怖くなくなった。堂々と前を向けるようになった。世界の色すら、変わったような気がした。そしてそれは、今もずっと。

　メイクに興味を持ちはじめたのは、間違いなく、そんなコンシーラーへの敬愛と感謝からだった。

メイクをすることでぱっと華やぐ女性の顔や、なにより、それによって表情まで自信や喜びに満ちる。そんな様を見るのが好きだった。

俺があの日、コンシーラーに救われたみたいに。メイクをすることで、明るく変わる人たちを。

だけどこんな気持ち、誰にも言う気はなかった。

俺がコンシーラーを使うことにすら、渋い顔をする母だ。メイクに興味があるなんて言えばどんな顔をされるのか、想像するだけでぞっとした。

ただでさえ、俺は兄に比べると圧倒的に出来損ないで、なんの期待もされていないのに。

そのうえこんな女みたいなことに興味を持っているなんて、きっと、もういい加減にしてくれと思われることだろう。

だからこのまま誰にも言わず、ひっそりと楽しむつもりだった、のに。

並べたさまざまな色のアイシャドウを眺めながら、俺は久世の顔を思い浮かべる。

――彼女の瞼《まぶた》に、色をのせるとしたら。

そんなことを考えるだけで、遠足前の子どもみたいに気持ちが浮き立った。

明日が楽しみだと、思ってしまった。

久世に、早く会いたい、なんて。


翌朝。久世は登校してくるなり、俺の席のほうへ歩いてきた。

「おはよう、成田くん」

「あ、おはよ……」

挨拶を返そうと顔を上げたところで、ぎょっとした。

そこに立っていた久世の顔が、ひどかったから。

「ちょ、なにそのクマ」

まず目についたのは、目の下にあるくっきりとした濃いクマだった。寝不足です、と顔に書いてあるみたいな。

それだけでなく顔色も悪い。普段から青白い顔していることが多い彼女だけれど、今日はいつにも増して蒼白《そうはく》だ。おまけに髪まで乱れている。適当に梳《と》かしてきただけなのか、なんだかボサボサだ。

ひどい。

「あ、うん……ちょっと寝不足で」

困ったように苦笑しながら、久世が答える。その笑顔も、どこか力なかった。

「寝不足？」久世とはあまりに縁遠い気のする単語に、俺は思わず聞き返してしまう。

「なんかしてたの？　昨日の夜」

「うん。これ」

久世はおもむろに肩に掛けていた鞄を開けると、中から一冊のノートを取り出した。

「写してたんだ、昨日の夜。それでちょっと……。一日中借りちゃっててごめんね」

そう言って差し出されたそれは、昨日俺が貸した数学のノートだった。

思いも寄らない言葉に、え、と困惑した声が漏れる。

正直、俺はすっかり忘れていたから。そのあとに起こった出来事が鮮烈すぎて、久世にノートを貸していたことなんて。

「……まさか、これ写すために夜更かししたって？」

「うん。ほんとに助かったよ。成田くんのノート、すごくきれいでわかりやすくて」

もう誰に何度向けられたかわからない褒め言葉は、ほとんど耳に入らなかった。

それより、俺は久世の顔から目を逸らせなくなっていた。

徹夜でもしたのかというほど、彼女のクマはひどい。顔色も本当に、すこぶる悪かった。

だけど昨日貸したノートは、そこまでページ数は多くなかったはずだ。二、三時間もあれば、余裕で書き写せるぐらいの量だった。ここまでやつれるほど、夜更かしする必要があっただろうか。

少し怪訝《けげん》に思ったけれど、深く考えている余裕はなかった。

「ちょっと来て」

「へ」

俺は立ち上がると、久世の手を引いて、半ば強引に教室から連れ出した。

人のいない場所を探してしばし歩いたあとで、見つけたのは中庭だった。

ベンチに久世を座らせ、その隣に俺も座る。そうしてポケットからコンシーラーを取り出すと、

「こっちに顔向けて」

「え、え、あの」

なんだかおろおろしている久世にかまわず、キャップを外した。

ペン先を久世の目の下に当て、二本の短い線を引く。そうしてその上に、中指の腹で軽く触れた。トントンと、均等になるようなじませていく。

そのあいだ、久世はじっと固まったように、身じろぎひとつしなかった。ただ、目線だけを落ち着きなく泳がせていた。

「――はい、できた」

すぐに、クマはほとんど目立たなくなった。できれば仕上げにファンデーションも

のせたかったけれど、仕方がない。これでも充分きれいだし、問題はないだろう。

さすが、俺のコンシーラー優秀。満足のいく出来映えにほくほくしながら、俺は手鏡を取り出すと、

「ほら」

仕上がりを見てほしくて久世へ向けたのに、彼女はちらっとそれを見ただけで、すぐにぎくしゃくと視線を落とした。

「あ、え……えっと、ありがと……」

もごもごと呟きながら、こちらへ向けていた顔を前へ戻す。そうしてうつむいた彼女の横顔が少し赤くて、そこでようやく、俺ははっとした。

あまりのひどいクマに、つい、いてもたってもいられなくなってしまったけれど。

もしかして、というか、これはたぶん、まずかった。

さっきの俺、当然のように久世の顔を触ってたし。というか今のこの距離も、冷静に考えたらだいぶ近い。膝とかもう触れそうだし。

気づいた途端、あ、と乾いた声がこぼれる。

そうして、ごめん、とあわてて謝ろうとしたとき、

「――ね、ねっ、今日！」

急に勢いよくこちらを振り向いた久世が、上擦った声で口を開いた。

気恥ずかしさに耐えかねたみたいに、やたらと大きな声で、

「約束、忘れてないよねっ？」

「あ、お、おう。もちろん！」

今更おそってきた恥ずかしさのせいで、俺のほうもやたら大きな声が出た。

「放課後な。昨日の空き教室で！」

「うん！　楽しみ！」

わざとらしく確認し合ったのは、昨日の最後に、彼女と交わした約束。

――俺が久世に、メイクを教えてやるという約束だった。


「えっ、うそ！」

そうして迎えた放課後。空き教室で顔を合わせた久世は、俺が鞄から取り出した大量のメイク用品を見るなり、すっとんきょうな声を上げた。

「成田くん、そんなに買ってきたの!?」

「うん」

「えっ、なんで？　私、欲しいのは水色のアイシャドウだけだって……」

「わかってる。俺が買いたかっただけ」

じゃあ明日までにアイシャドウを用意してくるね、と。

昨日の別れ際、意気揚々と告げた久世を、俺は止めた。俺が用意してくるからいい、と。

久世のセンスは不安だから、なんて適当な理由をつけたけれど、本当のところは俺が自分で選びたかったのだ。ちゃんと、久世に似合いそうなものを。

「あ、じゃあ私、お金を……」

「いい。いらない」

あわてたように鞄から財布を取り出そうとした久世を、俺はすぐに制する。

「いやいや」と久世はぎょっとしたように首を振り、

「そうはいかないよ！　だって私のだし！」

「違う。俺が欲しかったから、勝手に買っただけ」

そうだ。べつに久世のため、だとか思って買ったわけではなかった。

ただ俺が、久世にこれを使いたかったから。これでメイクした久世の顔を、見たいと思ったから。

「で、でも」

「いいから、早く始めよう。早く終わらせて帰りたいし」

はしゃいでいる感を出さないよう気をつけて、素っ気ない調子で告げる。内心本当に、早く始めたくてたまらなかった。久世の顔がどう変わるのか、早く見たかった。

「あっ、う、うん。そうだよね」

久世はおずおずと、俺の用意してきたメイク用品へ手を伸ばす。やはりというか、彼女が真っ先に手に取ろうとしたのは水色のアイシャドウだった。

だけど途中で、彼女はふと手を止めた。

数秒、なにか考え込むようにそのアイシャドウを見つめる。それからゆっくり、俺のほうへ視線を移して、

「……あの、成田くん」

「なに」

「やっぱり成田くんが、してくれないかな？　メイク。朝みたいに」

「……は？」

急になにを言いだしたのか。

ぽかんとして久世を見ると、彼女はちょっと照れたような笑顔で軽く首を傾げ、

「自分で自分の顔に色を塗るって、すごーく難しそうだなあと思って。私、本当にめちゃくちゃ不器用なの。びっくりするぐらい。だからぜったいうまくできないし、成田くんにしてもらったほうが、ぜったいきれいになれそうだから」

「……いや、だから練習するんだろ。自分でできないままじゃ困るじゃん、この先」

昨日交わしたのは、そういう約束だったはずだ。

メイク初心者の久世が、メイクをできるようにするため、俺が教える。女子なら皆、きっとそう遠くない将来に、メイクが必要になるのだから。

久世自身の腕が上達しなければ、なにも意味がない。

「うん、そうなんだけど……あっ、じゃあ最初だけ。最初のうちだけでいいから、成田くんがして？　私も最初は、見て覚えるから。ね、ねっ、お願い！」

ぱんっ、と顔の前で手を合わせて、久世が頭を下げる。

なんだそれ、と思いながらも、内心、その提案には惹《ひ》かれていた。ものすごく。

一度でいいから自分の手で久世にメイクをしてみたいと、密かに思っていたから。

俺の手で変わる、久世を見てみたい、なんて。

「……じゃあ」

渋々という口調を意識しながら、俺は口を開く。仕方ないな、というふうに顔もしかめておいた。

「最初だけ、な」

「うん！　やったあ、ありがとう！」

ぱっと顔を上げた久世が、両手を天井へ向かって上げる。心底うれしそうな笑みだった。

椅子に座って、久世と向かい合う。

あらためてまじまじと眺めた久世の顔は、やっぱり悪くないと思った。鼻筋も通っているし、顎の形も良い。人目をひくような華やかさはないけれど、これといった欠点もない。主張が少なく地味な分、たぶんメイクをすれば、抜群に映える。

考えていると、ふいに身体の奥のほうが疼いた。

空気が少し喉を通りにくくて、口の中が渇く。指先が震えそうになる。だけどまったく、不快な感覚ではなかった。ひどく心地よい、緊張だった。

久世のほうも緊張した様子で、ぎゅっと目を瞑《つぶ》っている。握りしめた拳を膝の上に置いて、身体を強張らせている。

恥ずかしいのか、少しうつむきがちになっていた彼女の頬に、左手で触れた。軽く上へ向ければ、よりいっそう緊張したように、彼女の肩に力が入る。

息を吐く。それから右手に持ったアイライナーのペン先を、ゆっくりと彼女の目元へ近づけた。

睫毛の根元に押し当てたそれを、目頭から目尻へ向けて、慎重に引いていく。そうして少しずつ小刻みに、ラインを描いた。

睫毛の際を埋めるようにラインを引き終えたあとは、中指の腹で軽くぼかす。さらにその上に、かぶせるようにシャドウをのせた。

どのぐらい時間が経ったのかは、よくわからなかった。

気づけば息も潜めるようにして、俺はただひたすら、手を動かしていた。


「……できた」

ぼそっと呟けば、久世がゆっくりと目を開ける。視線がぶつかる。

瞬間、息が止まりそうになった。

できたのは、本当に基本のアイメイクだけ。それでもそこにいたのは、さっきまでとは違う顔をした久世だった。

「ほんとに？　……ど、どう、かな？」

おずおずと訊ねられたけれど、俺は咄嗟に言葉が出てこなかった。

ただ黙って、ポケットから手鏡を取り出す。そうしてそれを、久世のほうへ向けた。

「わあ……！」

久世は目を見開いて鏡を凝視する。その頬がゆっくりと上気して、表情に歓喜が満ちるのを、俺は呼吸も忘れて、ただ見つめていた。目に焼きつけるように、じっと。

胸の奥から熱いかたまりがこみ上げてくる。息ができない。

「すごい、すごいね！　なにこれ、私じゃないみたい！」

興奮したように久世が大きな声を上げる。その声にまた、身体が熱くなる。

久世は鏡から目を上げると、まっすぐに俺の顔を見た。そうしてこちらへ身を乗り出すようにして、

「ほんとにすごいよ！　こんなに変わるなんて思わなかった！　すっごいきれい！　成田くん天才!?　ほんとすごい！」

まくし立てる彼女の赤くなった頰とかすかに潤んだ目から、俺は思わず目を逸らした。

「……でも、ごめん」

これ以上見ていると、なんだか窒息してしまいそうで。

「へ、なにが？」

小さく呟けば、きょとんとした声で聞き返される。興奮のせいか、どうやらなにも気づいていないらしい久世に、

「アイシャドウ、水色じゃなくて茶色にした」

「え？　あ、ほんとだ。なんで？」

「俺も初心者だし、水色難しそうで自信なかったから。まずは無難な色でやってみたくて」

「なるほど、そっか、全然いいよ！　茶色もすてきだね！」

　本当になにも気にした様子はなく、あっけらかんと久世は笑う。その声を聞いているうちに、気づけば自然と、言葉がこぼれていた。

「……でもいつか、ぜったい水色にも挑戦するから」

「え、ほんと？」

「うん。もう少し、自信がついたら」

「ありがとう。うれしい！」

　ふわりと顔をほころばせた久世が、ふいに、「よかったなあ」と噛みしめるような声で呟く。

「なにが？」

「昨日、成田くんがここに来てくれて。こんなにすてきなメイクをしてもらえるなんて、思ってもみなかったもん」

「……そういや昨日、久世はなんでここにいたの？」

「そりゃあもちろん、寝ようと思ってー」

　恥ずかしげもなく返されたのは、だいたい予想のついていた答えだった。

　なんだか急に力が抜けて、俺はため息をつくと、

「あんだけ授業中寝てんのに、昼休みも寝る気だったのか」

「授業中寝ないように、昼休みに寝ておこうと思ったんだよー」

「けっきょく授業中も寝てんじゃん、いつも」

今日の授業も、久世は全六限中三つは爆睡、二つはそもそも教室にいなかった。つまり真面目に受けていたのは、一限だけ。いくら勉強をあきらめているからといって、よくもそこまで不真面目になれるものだと、つくづく思う。

「なにしに学校来てんだよ、毎日」

あきれた呟きが、つい、ぽろっと口からこぼれた。

意味なんてない、軽口のつもりだった。

だけど俺の言葉を聞いた久世は、一瞬、真顔になって俺を見つめた。え、と思った次の瞬間には、もう笑みが戻っていたけれど。

「……私ね」

だけどその笑みは、今までの笑みとは少し、色味が違って見えた。呟くようなその声も、なぜだか、初めて聞くような気がした。

その見慣れない笑みのまま、久世はゆっくりと言葉を継ぐ。

「普通の高校生に、なりたかったの」

「……は？」

返された言葉の意味は、よくわからなかった。

どういう意味?と俺が聞き返しかけたとき、

「それでね、やっぱり高校生といえば青春でしょ、恋でしょ。それで恋をするためには、学校に来なくちゃ出会いもないし」

「え……なに？　まさか」

おそろしく頭の悪い答えを聞いた気がして、ぎょっとしながら、

「そのために、学校に来てるって？」

「そう！　恋をするために！」

力強く言い切ってみせた久世の顔を、あっけにとられてまじまじと見つめる。

「……マジで言ってんの？」

「もちろん！」

そりゃ、その願望自体はなにもおかしなものではないけれど。

それが高校生活のメインテーマになっているのは、さすがにバカだと思った。

だけど久世が言うと、あながち冗談にも聞こえないのが怖い。

だって彼女は、たしかになにもしていない。本来のメインであるはずの勉強は、ハナからやる気もないようだし。

けれど思えば、そのわりに彼女は学校を休むことは少なかった。授業を受けもしないくせに、きっちり始業時間には登校していた。今日だって、ぎょっとするほど顔色

が悪かったというのに、遅刻することなく教室に現れたし。

よく考えると奇妙な生活態度だった。言われてみればたしかに、授業ではなくなにかべつの目的のために、毎日登校していたかのような――。

「だからね、かわいくしてもらえてうれしい！　このほうが、すてきな恋が近づきそうだし。ね、だからこれからもよろしくね、成田くん！」

満面の笑みで、さらにそんな頭の悪い言葉を続ける彼女に、あきれてしばし言葉が出なかった。

たぶん、本気なのだと思った。

だって久世だし。

久世なら、これぐらいバカな理由で高校に通っていても、おかしくない気がする。

してしまう。

「……本気で、恋がしたいって思ってんの？」

「うん！　本気、超本気！」

「じゃあ、いっこ真面目なアドバイスするけど」

「え！　なになに!?」

思いがけない言葉に驚いたように、勢いよく身を乗り出してきた彼女に、

「授業は、もっとちゃんと受けたほうがいいと思います」

「へ、なんで？」

「なんでって」

純粋にわけがわからない、といった調子で聞き返され、俺はまたあきれながら、

「いくらかわいくても、授業もまともに受けないような女子は嫌だろ。不良っぽいし」

「そうなの？」

「少なくとも俺はそうです」

彼女にするなら、真面目で、ちゃんと努力しているような子がいい。あきらめず、卑屈にならず、何事も前向きに頑張っているような。——俺と違って。

「そっかあ……うーん、なるほど。たしかに……」

思わぬ発見だったのか、久世は真剣な顔で顎に手をやって、ひとりでうんうんと頷いていた。

「授業を真面目に受けない女の子は、男の子から見てもあんまり魅力的じゃないよね」

「うん、間違いない」

「そっかそっか、うん、なるほど……」

納得したように深く頷いて、久世はなにか考え込むようにうつむいた。

その顔から笑みが消えてるのを見て、思わずどきりとする。

ちょっと、ストレートに言い過ぎたかもしれない。伏せられた目はなんだか落ち込

んでいるようにも見えて、俺はあわてて口を開くと、

「せっかくさ、久世、見た目は悪くないんだし」

「へ」

「もったいないって言ったんだよ。授業中あんな感じだと、敬遠する男子も多そうだし。せっかくのチャンスをつぶしてんじゃないかって」

早口に続けると、久世は顔を上げ、しばし無言で俺の顔を見つめた。

「え、あ……ありがと」

やがてふわりと表情をほころばせ、うれしそうに笑う。いつの間にか教室には夕陽が差し込んでいて、そんな久世の顔を赤く染めていた。

「うん、そうだね。成田くんの言うとおり、これからは勉強ももっと頑張るよ。せっかく成田くんがノートも貸してくれたことだし！」

「……俺のノートでよければ、いつでも貸すから」

「え、ほんとに？」

「メイクも、俺でよければいつでもする。協力するよ、久世が恋をできるように。だから」

言いながら、ふと瞼の裏に、机に突っ伏して眠る久世の姿が浮かんだ。

誰からもあきらめられて、自分自身もあきらめてしまったかのように、毎日眠る彼

女が。

いつからか、そんな彼女の丸まった背中を、よく見ていた。

苦々しさと、ほんの少しの――優越感を、噛みしめながら。

「もっと……頑張ってみれば」

呟いたのは、彼女へ向けた言葉だったのか、よくわからなかった。

第二章　臆病者の恋

それから俺と久世は、毎日、放課後に空き教室で会うようになった。

することは毎回、俺が久世にメイクをする。本当にただ、それだけ。

いちおう久世の希望も確認してみるけれど、彼女は本当にメイクのことなんてなにも知らないらしく、「成田くんにおまかせ」しか言わない。だから俺は遠慮なく、久世の顔を好きなようにいじらせてもらっていた。

「わ、今日はオレンジだ！　いいね。かわいい！」

「久世、どっちかというと童顔だし、こういう甘い色のほうが似合う気がする」

「たしかにいいかも！　ね、でも水色は？　まだ？」

「あー……うん。もうちょい待って」

ただひとつだけ、毎回久世が訊いてくるのは、これだった。久世が憧れているという、水色のアイシャドウ。もちろん俺も使いたい気持ちはあるけれど、まだ不慣れな俺が使うと変にケバい感じになりそうで、なかなか勇気が出ずにいる。

……メイクを見た久世に、がっかりしてほしくなくて。

「まあ、いろんな色試してもらえてうれしいけどね！　けっこう意外な色が似合ってたりしておもしろいし」

「なあ、明日はピンク使ってみていい？」

「わ、もちろん！　ピンク楽しみ！」

ぱっと顔を輝かせて、久世は熱心に眺めていた手鏡から目を上げる。

そこで真正面から目が合った彼女の顔を、俺は思わずじっと眺めてしまった。

「ん？」視線に気づいた久世が、不思議そうに首を傾げる。

「どうしたの？　メイク、なんか変だった？」

「……うーん」

ちなみに初日はアイメイクしかしなかったけれど、やっぱりやるからには徹底的にやりたくなって、今はベースメイクからすべてしている。

化粧品は数日前にドラッグストアで俺が適当に見繕ったものを使っていたけれど、初心者が選んだせいか、なんとなくしっくりこないものもあった。

今日使ったリキッドファンデーションなんかはまさにそうで、

「え、ほ、ほんとに変だったの？　私の顔」

どうにも納得のいかない出来に首を捻《ひね》っていると、いつの間にか久世の顔を凝視していたらしい。居心地が悪そうに身じろぎをした久世が、おずおずとそんなことを訊いてきて、

「変かも」

「えっ！　うそ！」

「色が合ってないのかも」

「ん？　色？」

　そういえば、ファンデーションには何種類かの色があった。ナチュラルオークルとかピンクオークルとか。どれが良いのかよくわからなくて、いちばん無難そうなナチュラルを選んでみたけれど、久世の肌に塗るとなんとなく浮いた感じがする。久世の肌は白いから、もっと明るい色のほうがよかったのかもしれない。

「ファンデの色。これ、あんまり久世に合ってない気がする」

「え、そうかな。私にはふつうにきれいに見えるけど……」

「いや、きれいじゃない。全然だめだ。やっぱべつのやつ買ってくる」

ちゃんと久世に合うファンデーションを塗れば、きっと彼女はもっときれいになる。そう思うと、なんだかいてもたってもいられなくなった。

　俺が机の上に広げていたメイク用品を片づけはじめると、「えっ」と久世は驚いたように、

「今から行くの？」

「うん。悪いけど、今日のメイクはここまでで」

「あの、私のファンデを買いにいくんだよね？」

「そうだよ」

　考えはじめると、早くメイク用品がずらりと並ぶあの棚の前に行きたくなった。他

にどんな色があったっけ、と意識はもうドラッグストアのほうに半分飛ばしながら、

「じゃあ」と久世に短く別れの挨拶をしようとしたら、

「ね、ね、それなら私もいっしょに行っていい!?」

「え？」

「私もいっしょに選びたい！　化粧品とか、私、自分で買ったことないし」

キラキラと目を輝かせて久世が言う。思いがけない提案だったけれど、特に断る理由は思いつかなかった。たしかに本人がその場にいてくれたほうが、合う色も探しやすいし。

「いいよ」と頷けば、「やったー！」と久世は満面の笑みで両手を上げる。それから彼女がいそいで荷物をまとめるのを待って、ふたりでいっしょに教室を出た。


「わあ、すごーい！」

ドラッグストアでメイク用品コーナーの前に立つなり、久世が興奮した声を上げる。

「こんなにいっぱい種類あるんだ！　わー、どれもきれい！」

おもちゃを見つめる子どものように顔を輝かせながら、きょろきょろと棚を見渡す彼女に訊く。

「今まで来たことなかったの？」

「うん、初めて来た！　素通りしたことはあったけど！」

楽しそうに言いながら、久世は腰を屈めて棚を眺めはじめる。そんな彼女の隣で、俺もファンデーションを物色しながら、

「メイクしようとか思ったことなかったの？　今まで」

「うん、なかったなあ。朝はギリギリまで寝てるから、そんな時間もないし」

「……なるほど」

返ってきた答えには、ものすごく納得がいった。授業中もあれだけ寝ている久世が、朝に強いわけがない。メイクをする時間があるぐらいならその分睡眠を選ぶというのは実に彼女らしい。

「ね、成田くんはいつからメイク始めたの？」

「え？」

「この前、コンシーラーを顔に塗ろうとしてたでしょ？　あれ、普段から塗ってるの？」

「……ああ、あれ」

そういえば、久世にはそんな現場を見られていた。あれきり久世がそれについて突っ込んでくることはなかったので、気を遣って流してくれているのかと思っていたけれど、

「この前ネットで見たんだけど、今は男の子もメイクするんだってね。私、知らなかったよ。でもいいことだよね。メイクって楽しいし、きれいになれるんだもん。男の子だってしたいならじゃんじゃんしていいよね」

無邪気にそんなことをしゃべる久世は、きっと本当に、心からそう思っているのだろう。あの日、クラスメイトにバレることをおそれていた俺に、心底不思議そうな顔をしてみせたみたいに。きっと俺がメイクをすることについて、久世はなんの疑問も嫌悪感も持っていない。

「……違うよ」

それがわかるから、俺はまた、彼女には話してもいいような気がしてしまう。

――話したく、なってしまう。

「俺はメイクをしていたわけじゃなくて、ただ」

久世のほうを見ると、まっすぐにこちらを見据える彼女と目が合った。

一瞬だけ迷ってから、俺は前髪を掻き上げ、彼女に額を見せると、

「ここに痣があるから。これを隠すために、コンシーラーを塗ってただけ」

「へ、痣？」

久世はまじまじと俺の額を見つめてから、不思議そうに首を傾げる。

「全然わかんないね」

「だろ。……うまく隠せるように、なったから」

「いつも隠してるの？」

「そうだよ。いつも」

小学三年生の、あの日から。

ずっとずっと隠しているうちに、すっかりうまくなった。

そうしているうちに、いつの間にかそれが当たり前になって、今はもう怖くなった。

痣を見られることも、——本当の自分を、さらけ出すことも。

おそろしくて、たまらなくなっていた。

「でも、大変じゃない？」

「え」

久世はじっとこちらを見つめたまま、軽く首を傾げて、

「隠すの。毎日、おでこにコンシーラー塗るんでしょ？」

「……そりゃ、まあ」

「それ、隠さないとだめなの？」

久世の言葉は、あいかわらず真っ白だった。ただ純粋に不思議そうに、俺の額のほうを見つめながら、

「隠さなくてもいいと思うけどなあ、べつに」

あまりにその言い方があっさりとしていて、唇の端から苦い笑いが漏れる。それといっしょに、気づけば力ない声がこぼれていた。

「無理だよ」

「なにが？」

「今更、隠さないなんて」

「へ、なんで？」

「怖いから」

隠せば、取り繕えば。

途方もない安心感を得られると同時に、息苦しさにもおそわれた。ずっと違和感がつきまとって、なんとなく窮屈で、動きづらくて。

だけど、それでも。

そんな息苦しさより、ずっと、

「本当の自分をさらけ出すほうが、怖いから」

――これ以上、誰にも、幻滅されたくなかった。

久世はなにも言わず、ただじっと俺の顔を見ていた。なにか言おうと口を開きかけたのはわかったけれど、けっきょく言葉が見つからなかったように、薄く開いた唇をまた結ぶ。

そんな彼女の様子を見て、ようやく俺もはっとした。なにを言っているのだろう、と今更後悔する。こんなことを白状してどうするのだろう。久世も反応に困ってるし。

急に恥ずかしくなって俺は久世から視線を外すと、棚のほうへ向き直る。そうしてファンデーション探しを再開すれば、しばしなにか言いたげにこちらを見ていた久世も、やがて無言のまま棚のほうへ向き直った。

その後はこれといった会話もなく、しばらく目当てのものを物色した。

良さそうな色味のファンデーションにテスターがあったので、せっかくだし久世に試してもらおうかと手に取る。そうして横を向き、「久世」と呼びかけようとしたら、さっきまでそこにいた彼女がいなかった。

「久世？」

見ると、いつの間にか奥の棚のほうに移動していた久世が、なにやら熱心に手に取った商品を眺めている。近づいてみれば、彼女が手にしているのは水色のアイシャドウだった。

「それ、使いたい？」

「えっ？　あ、いや……ただ、きれいな色だなって見てただけ」

声をかけると、なぜかあわてたように久世がアイシャドウを棚に戻そうとしたので、

「気に入ったなら、それも買おう」

「え？　でもこれ水色だよ？　もう持ってるでしょ？」

「だけど持ってるやつとは色味が違うし。そっちも欲しくなった、俺も。買おう」

遠慮する久世を、なぜか俺はやたら強引に押し切っていた。

さっき見た、アイシャドウを見つめる久世の横顔が、妙に目に焼きついていて。ただ見ていただけではなく、久世が心からこれを気に入ったらしいことはすぐにわかったから。

無性に、買いたくなった。それを久世に、使ってやりたくなった。

水色のアイシャドウにずっと憧れていたのは久世なのだから。俺が選んだ彼女に似合いそうなものより、実際に彼女が心底気に入ったもののほうが、きっと彼女の顔に映える。

確信にも似たそんな予感がして、俺は久世が戻そうとしたそのアイシャドウを手に取る。そうして選んだファンデーションといっしょにレジへ持っていけば、「……ありがとう」と後ろで小さく久世の声がした。

「ね、ね、これからどうする？」

無事目的のものを購入してドラッグストアを出たところで、久世からは意気込んだ調子でそんなことを訊かれた。

「え、どうするって」俺はちょっと困惑しながら、

「これで用事は済んだし、解散じゃないの？」

「へっ、うそ！　もうちょっと遊ぼうよ！　まだ早いし！」

「遊ぶって言っても……」

「ね、他にどこか行きたいところとかないの？　私、どこでもなんでも付き合うよ！」

「……あー、じゃあさ」

久世の勢いに押され、せっかくなので次は本屋に付き合ってもらうことにした。メイク本が欲しいと前々から思っていたから。今はネットで集めた情報をもとに勉強しているけれど、やっぱり一冊ぐらいはちゃんとしたものを持っておきたい。

目的地が決まり、久世とふたり、駅に続く商店街のアーケード下を歩きだす。夕方の商店街には、俺たちの他にも、下校途中らしい近隣の高校生たちの姿がちらほらあって、

「――あれっ、みのりじゃん！」

そのうちのひとりから、急にそんな声が飛んできた。

目をやると、ブレザー姿の女子高生がこちらへ歩いてくるところで、

「わあっ、りっちゃん！」

その子を見るなり、久世が弾んだ声で名前を呼んだ。

「うそ、久しぶりー！」

「ほんと、めっちゃ久しぶり！　なにしてんのー？」

笑顔でこちらへ駆け寄ってきた彼女の視線が、ふと俺のほうへ流れてくる。

途端、「あらっ」と彼女は悪戯《いたずら》っぽい笑みになって、

「やだ、デートだった？　ごめんねえ、邪魔《じゃま》してー」

「違う違う！　友達と遊んでたのー！」

久世の腕を小突いてからかう彼女に、久世があわてたように、だけどなんだかうれしそうに返している。

俺はちょっと驚きながら、そうしてじゃれ合うふたりの姿を眺めていた。

久世がこんなふうに友達と笑っている光景なんて、教室では一度も見たことがなかったから。

「ねえ今度さ、またいっしょに遊ぼうよ。のんちゃんとかも会いたがってたし。あっ、ていうか今度の同窓会来る？　幹事の子がまだみのりから返事もらえないって言ってた気がするけど」

「あー……うん。えっと」

思い出したようにそう訊ねられたとき、ふっと久世の表情が曇った。困ったような

笑みを浮かべ、指先で頬を掻きながら、

「同窓会は行けないんだ、私」

「ありゃ、そうなんだ。残念。まあまた次やるときは」

「うん……でもたぶん、次も無理かもしれなくて」

「え、なんで？　そんな忙しいの？」

うん、ちょっと、と曖昧に頷く久世の困ったような笑顔を眺めながら、俺は眉を寄せる。行けばいいのに。他人事ながらついそんなことを思ってしまうと、

「あー、まあ彼氏ができたばっかりなら忙しいよね。仕方ないか」

「だ、だから友達！」

「わかったわかった。ていうかあたし本当に邪魔しちゃってるね、ごめん。退散しよ。とりあえず同窓会は無理としても、今度遊ぼ。また連絡するから！」

さばさばとした口調でそう言うと、感じの良い笑顔で俺にも会釈《えしゃく》をしてから、久世の友達は足早に立ち去った。

手を振りながら、その背中を名残《なごり》惜しそうに眺めていた久世に、

「今の、中学の友達？」

「うん！　りっちゃんっていうの。美人さんでしょ。頭も良いんだよー、あの子」

「……友達いたんだ、中学では」

誇らしげに返す久世に、失礼極まりない呟きが、ぽろっと口からこぼれ落ちていた。

久世の友達が着ていたのは、近くにある名門進学校の制服だった。

着崩したところのないその制服や整えられた長い黒髪からも、その子の品の良さは充分に伝わってきた。優等生とは対極の位置にいるような久世に、こんなレベルの高そうな友達がいるなんて、と驚いてしまうぐらいに。

「中学生の頃はねー、もっと真面目だったんだよ、私。授業もちゃんと受けてたし。普通の中学生みたいに」

そんな俺の失礼な考えを察したみたいに、あっけらかんとした笑顔で久世が言う。

きっと、本当にそうだったのだろう。

授業だけでなくクラスメイトとの交流も、中学時代の久世はしっかりやれていたらしい。そうでなければ、あんな友人ができるはずもない。久世には、そうできるだけの素質はあったのだ。少なくとも中学時代は。

だったら、どうして。

「なんで今は、そうなってんの？」

授業も、クラスメイトとの交流も。なにもかもあきらめて、投げ出してしまったみたいに。

彼女はいつから、そうなってしまったのだろう。

もどかしさから思わず口をついた質問に、久世はなにも答えなかった。ただちょっと困ったように笑って、前を向き直った。だから俺も、なんとなくそれ以上は訊けなかった。無言のまま、またふたりで商店街を歩きだした。

駅ビルの中にある本屋に入ると、まっすぐにメイク本コーナーに直行する。前に一度立ち読みに来たことがあったから、場所なら知っていた。

そのときは手に取る勇気が持てなかった分厚い本を、今日は迷いなく選び取る。『初心者でもわかりやすい』『超基本テクニック』との謳《うた》い文句に、前から惹かれていたメイク本を。

会計を済ませて久世のもとへ戻ると、久世は雑誌コーナーで、一冊の旅行雑誌を熱心に眺めているところだった。

「おまたせ」

「あっ、成田くん。見て見てこれ」

声をかけると、久世は笑顔で開いていたページを指さして、

「ここ、知ってる？」

「教会？」

「うん！　すっごいきれいなんだよー、この教会」

久世がうれしそうに指さしていたのは、真っ白な壁と尖塔《せんとう》が印象的な、古い教会だった。

「小さい頃に行ったことあるんだ。それで懐かしくて。本当にきれいで感動したの、今でも覚えてるよ。空気もね、なんか厳《おごそ》かっていうか」

「へえ」

こぢんまりとした教会のようだけれど、たしかに雰囲気は良さそうだった。内部の写真も載っていて、窓にはめ込まれたステンドグラスが、木材の黒と壁の白に映えている。

俺も少し興味を惹かれて、並ぶ写真を眺めていた横で、

「懐かしいなあ……。また行きたいな」

久世が妙に切実なトーンで呟くので、俺はちょっと怪訝《けげん》に思って眉を寄せた。

「じゃあ、行ってくればいいじゃん」

それがまるで、なにか途方もない夢でも語るかのような、そんな調子に聞こえたから。

「んー、でも遠いから」

久世は悲しそうに返したけれど、見れば住所はそう遠くない。電車で二十分ぐらいの距離だった。高校生が距離を理由にあきらめなければならないような場所とは到底

思えなくて、「遠いか？」と俺が反論しかけたとき、

「ね、それより成田くんってさ」

さえぎるように口を開いた久世が、ぱたんと本を閉じた。かと思うと、さっさと棚に戻してしまう。これ以上突っ込まれるのを避けるみたいに。

そうして気を取り直すようににこりと笑って、

「甘いもの好き？」

「え？　……あ、うん。わりと」

「よし、じゃあ一階にあるクレープ屋さん行こう！　今日のお礼に奢《おご》ってあげるよ！」

明るい笑顔でそう告げた久世がさっさと踵を返したので、けっきょく、教会の話題はそこで打ち切られた。

俺にだけ、なんとなく釈然としない気分を残しつつ。

久世のお気に入りだというクレープ屋は、入り口前に女子高生たちが列を成していた。

「おすすめはねー、生チョコクレープだよ。生チョコいっぱい入っててておいしいよ。あとはキャラメルカスタードかなー。ショコラもちとかもめずらしくておいしいよ」

「へえ」

最後尾に俺たちも並んだところで、久世が楽しそうにメニューの説明を始める。だけどあまり俺の耳には入ってこなかった。女子しかいないこの空間が、なんとも落ち着かなくて。

居心地の悪さについ視線を泳がせていたとき、ふと、数人前に並んでいる女子の後頭部に目が留まった。ゆるく巻かれた長い髪が、器用にねじってシュシュでまとめられている。

「……あー、かわいいよねえ」

それをついまじまじと眺めてしまっていたら、久世にも気づかれたらしい。

ふいにじとっとした声が横から聞こえて、はっとする。あわてて久世のほうへ視線を戻せば、悪戯っぽく目を細めた彼女と目が合った。

「なるほどねー、成田くんはああいう子がタイプなのかー」

「は？　いやべつに、そういうわけじゃ……」

反論しかけて、今度は久世の髪が目に留まった。

あの子と違い、無造作に下ろされた長い髪。肩下まで伸ばされたその髪は、癖もなくまっすぐで、べつにボサボサというわけではない。実際、今まではそれが特に気になったことはなかった。

今目についたのは、たぶん、周りにいるおしゃれな女子たちと比べてしまったから。

「……久世の髪って、いつもそうだっけ」

「ん？　そうって？」

「まとめたりとかしないの？　せっかく長いのに」

「え、しないなあ。したことないかも、そういえば」

ふうん、と相槌を打ちながら、俺はもう明日の放課後に意識を飛ばしていた。

ヘアゴムを調達してこよう、とそれだけは強く心に決めて。


「はいっ、成田くん。どうぞ！」

「……ありがとう」

近くにあったベンチに座り、久世から奢ってもらったクレープを受け取る。

今日のお礼だと久世は言っていたけれど、正直お礼をされる意味がよくわからなかったので、最初は断った。けれど久世は頑として受け取らず、けっきょくこちらが根負けした。

「お礼はお礼だよ。メイクだってしてもらってるし。しかもメイク用品、ぜんぶ成田くんが買ってるし」

「だからそれは、俺が買いたいから買ってるだけでべつに……」

「でも、うれしいから！　だからなにかお礼がしたかったの、ずっと」

はっきりとした声で言い切って、久世はクレープをひとくちかじる。そうしてこれ以上なく幸せそうに頬をとろけさせ、

「それにね、今日ほんとに楽しかったから。成田くんのおかげで」

「え」

「だからその気持ち。早く食べてよ、それすっごいおいしいから！」

そう言ってこちらを見つめる久世の目があまりにまっすぐで、俺は思わず目を逸らした。手元のクレープに目を落とす。久世の言っていたように、ころころした生チョコがぎっしりと詰まっている。

返す言葉を探しあぐねて、ごまかすようにそれをひとくちかじった。クリームの甘みとチョコの甘みが、時間差で口の中に広がる。

クレープってこんなにおいしかったっけ、と少し驚いた。


翌日、俺は登校前にリビングで見つけた母のヘアゴムを、勝手に拝借《はいしゃく》してきた。

放課後の空き教室、いつものように久世にメイクをしたあとで、それを使うため、久世に提案する。

「久世」

「ん?」

「ちょっと、髪をいじらせてもらえませんか」

「へっ、髪?」

ぽかんとする彼女の正面から、背後に移動する。横の机に置いていたポーチを開ける。そうしてそこから、持ってきたヘアゴムを取りだした。

実は前から、やりたいとは思っていたのだ。メイクと合わせて、髪のセットも。そのほうが、せっかくのメイクがより映えるだろうから。

「え、成田くんが髪を結んでくれるってこと?」

「うん。いい?」

「あ、うん、それはもちろん! すごいね、成田くん、ヘアアレンジも得意なんだ!」

「いや、得意じゃない。したことないし」

だけど興味はあったから、ヘアアレンジ動画もときどき見ていた。せっかく顔をきれいにしたのなら、髪型だってそれに釣り合うぐらいのものにしないともったいない。そう、思って。

「ぜひぜひ、お願いします! かわいくしてください!」

うれしそうに告げて前を向いた久世の髪に、そっと触れる。その細さと柔らかさに、一瞬どきりとした。普段触れている自分の髪とは、全然違ったから。

同時に、久世の肩も少し強張るのがわかった。

知らず知らずのうちに慎重になる指先で、耳上の髪を取り分ける。そうして取り分けた髪を後ろで集めると、ゴムで結んだ。その右上あたりを斜めに分け、結んだ毛先をその中に通す。左側も同じようにしてから、ゴム下の髪を引いてきゅっと根本をしめた。

「——できた」

「えっ、もう!?」

「ゴムしかなかったし、めちゃくちゃ簡単なやつだけど」

「わー」と声を上げながら、久世は自分の頭の後ろへ手をやり、ぺたぺたと触る。それからまた、「わー!」と高くなった声を上げた。

「なにこれ！　なんかすごいんだけど！　どうなってるの!?」

「普通のハーフアップだよ。髪巻きつけて結び目を隠してるだけ」

「巻きつけてってなにそれ!?　すごすぎ！　初めてでこれとか、成田くんってやっぱり天才じゃない!?」

「……動画、よく見てたから」

興奮した様子でまくし立てる久世に、なんだか照れくさくなって視線を逸らす。だけどたしかに、初めてにしてはなかなかの出来映えだと自分でも思った。メイクもヘアアレンジも。頭に叩き込まれるレベルで動画を見まくっていたせいだろうけど。

「すごいね。成田くん、本当に好きなんだねえ」

しみじみと呟かれて、よけいに恥ずかしくなる。だけど今更否定のしようもなくて、俺は黙って机の上に広げたメイク用品を片づけはじめた。

気づけば、電気をつけないと手元が見えにくいぐらい、窓の外が薄暗くなっている。

そういえば夜には雨が降り出すと、朝の天気予報が言っていた。それを思い出した俺は、「そろそろ帰ろう」と久世のほうを振り返って告げた。


こうして久世と過ごす放課後は、いつも、不思議なほど短い。久世にメイクをして、合間に久世とちょっと話しているだけで、あっという間に空が暗くなる。

「そういえば、成田くんって足速いんだね。びっくりした」

「なに急に」

「今日の体育、見てたよ。五十メートル走」

ああ、と相槌を打ちかけて、ふと思い出す。

「あれ？　でも久世いなくなかった？　体育のとき」

「うん、保健室にいたの。保健室の窓から見てたよ」

「なに、具合悪かったの？」

「いや、ちょっと眠くて……」

廊下を歩きながらそんな会話をしていた途中、ふと久世の声が途切れた。と思った次の瞬間には、横を歩いていた久世の姿が、消えていた。

「え？」驚いて足を止め、振り返る。

久世は俺の少し後ろで、なぜか床にしゃがみ込んでいた。

「え、なに？　どうした？」

ぎょっとして駆け寄り、俺も彼女の前にしゃがみ込む。久世は自分の膝に顔を伏せたまま、「ごめん、ちょっと……」と小さく返した。顔を上げない代わりに右手を上げて、大丈夫、と示すように振ってみせる。

「ふらっとしちゃった。今日、あんまり寝てないからかなあ」

「……いや寝てただろ。数学も日本史も」

「でも、英語と古典と化学は起きてたよー。いつもより頑張ったから、たぶんそのせいだー」

それだけのことを『頑張った』と堂々言い切る彼女にあきれつつ、俺は彼女が顔を上げるまで待った。

三分間ほど、彼女はじっとそうしていた。やがて、ふう、と息を吐いて、ゆっくり顔を上げる。

「ごめんね、お待たせ！」

「もう大丈夫なの？」

「うん、回復しました！　帰ろっか！」

元気よく言って、久世が立ち上がる。しかし直後、彼女は思いきりふらついた。

「ちょっ」

こちらへ倒れ込みそうになった身体を、あわてて支える。その身体はけっこうな重さで俺の腕に寄りかかってきて、

「あっ、ご、ごめ」

「送る」

「へ」

「俺が久世を、家まで送る。全然大丈夫じゃなさそうだし」

驚いたように見上げたその顔も、よく見れば顔色が悪かった。メイク越しでもわかるぐらいに。

久世の家の場所なんて知らなかった。だけどそれを見てしまったら、もう、そうする以外考えられなくなった。

「え⁉　い、いいよそんな！　大丈夫だし！」

あたふたする久世にはかまわず、支えるように腕をつかんだまま廊下を進む。

校内にひとけはなかったので、そのあいだ誰かとすれ違うことはなかった。

べつに俺は、誰かに見られてもよかったのだけれど。久世はやたら気にしたように、きょろきょろと辺りを見渡していた。

下駄箱でお互い靴を履き替えたところで、

「久世の家ってどこ？」

「え、と……宮木町《みやきまち》……」

そのときにはもうあきらめたように、久世がぼそぼそと答える。

「近いじゃん。じゃあ徒歩通学？」

「うん。歩いて十五分ぐらい」

「へえ、いいな」

それならこちらとしても都合が良い。送るとは言ったものの、久世がめちゃくちゃ遠い街から電車で通っていたらどうしよう、なんてちょっと心配だった。

「電車とかバスで通学すると、私たぶん、寝過ごしちゃうから。歩いていける距離の高校しか考えなかったんだ」

「なるほど。間違いないな」

ものすごく想像がついた。たしかにもし電車通学だったら、久世は週に二日ぐらいしか登校できていなかった気がする。

「ほんと、よく寝るよな。久世って」

「うん、眠いんだよね、ほんと」

外に出ると、厚い雲が重たく空を覆っているせいで、いつもよりだいぶ暗かった。グラウンドのほうから、野球部のかけ声と球を打つ乾いた音が聞こえてくる。

「前から、そんなに寝てたっけ」

「え？　うん、たぶん。寝てたんじゃないかな」

だけど入学当初は、そこまで目立っていた印象はなかった気がする。真面目という印象もなかったけれど。今みたいに、一日の授業の半分以上を寝ているような、そこまでのひどさはなかったような。入学当初から久世を気にして見ていたわけではないから、記憶は曖昧だけれど。

「……なんでそんな、寝るの？」

「んー、眠たいんだよね」

「夜、ちゃんと眠れてないとか？」

「いや、夜は夜で寝てるんだけどねー」

笑顔で返す久世の口調は、なんとなくとらえどころがなかった。だから俺はそれ以上訊くのをやめて、他の話題を探した。

ふと視線を飛ばした先、傘を持った中学生が歩いていて、

「雨、降らないといいな」

「たぶん降るよ。降水確率百パーセントって言ってたもん、朝の天気予報」

「マジか。じゃあ明日は晴れるといいな」

途切れた会話の間をつなぐため、そんな、なんのおもしろみもない返しをしたときだった。

「ふふっ」と急に久世が笑った。おかしそうに。

「え、なに？」

笑われた意味がわからず、眉を寄せて聞き返すと、

「いや、なんか、やっぱり成田くんは晴れが好きなのかー、と思って」

「やっぱりの意味がわかんないけど」

「だって成田くんの名前、ハレでしょ？」

にこにこと笑ってそんなことを言う久世に一瞬ぽかんとしたあとで、ああ、と理解して呟く。

「ハレじゃなくて、ハルです」

「え、ハル？　あれでハルって読むの!?」

びっくりしたように聞き返してくる久世は、どうやら本当に知らなかったらしい。

久世の言うように、漢字では〝晴〟と書く、俺の名前。読み方がわからず訊ねられ

ることは、今までも何度かあった。

「え、え、そうなんだ！　ごめんね、私、クラスメイトの名前なのに知らなかったなんて！」

「いいよべつに。たぶん久世だけじゃないし。俺の下の名前知らないの」

というかむしろ、知ってるやついないかも。

つい自嘲《じちょう》気味に、そんなことを呟いてしまうと、

「えっ、まさか！　それはないでしょ。成田くん、友達多いし人気者だし」

久世からは迷いなくそんな言葉が返ってきて、よけいに苦い笑いが広がった。

「どこが」と素っ気なく言い返す。

「俺のこと名前で呼ぶやつだって、ひとりもいないのに。だから久世も、俺の名前の呼び方知らなかったんだろ」

普段からよく名前を呼ばれているような本当の〝人気者〟なら、きっと皆に名前を知られているはずだ。一度も話したことのない相手からだって。

俺に人気なんてない。俺の周りに人が集まるのは、ただ俺が便利だから。

テストの要点を的確にまとめた有用なノートを、快く貸してくれるから。俺と仲良くしていれば、それぐらいのメリットがあるから。ただ、それだけで。

あらためて考えるとささくれた気分になってきて、足下に視線を落としたとき、

「大丈夫、私はもうばっちり覚えたよ！　ハレくんじゃなくてハルくん！　うん、ばっちり！」

久世からは自信満々に、なんだかずれた言葉が返ってきた。

それにちょっと力が抜けたとき、「あ、ていうかさっ」と久世はなにかに気づいたようにこちらを見て、

「私は名前知らなくて謝ったけど、そもそも成田くんは私の下の名前知ってるの？」

「……知ってるよ。みのり、だろ」

「わわ、正解！　うれしいな、ちゃんと知っててくれたんだー！」

たぶん知らないだろうとでも思っていたのか、驚いたような顔をしたあとで、ふわりと顔をほころばせた久世は、

「ね、ね、じゃあさ、これからは下の名前で呼んでよ！　みのりって。私も晴くんって呼んでいい？」

「……いいけど」

「やったー！　じゃあよろしく、晴くん！　ね、晴くんも一回呼んでみて！」

「え？　……み、みのり」

うん！と満足げに頷いてから、彼女は弾んだ足取りで歩きだす。

その様子は、もうすっかり元気そうだった。これなら、わざわざ送るまでもなかっ

たかもしれない。ちらっとそんなことも思ったけれど、すぐに、まあいいや、とも思った。

指先が、妙に温かかった。

今にも降りだしそうだった雨も、みのりの家に着くまではなんとか踏み止まってくれた。

「じゃあね、晴くん。送ってくれてありがとう。気をつけて帰ってね、晴くん！」

うれしそうにやたら俺の名前を連呼するみのりに、ちょっと苦笑しながら、

「具合悪いなら、早く寝ろよ」

「うん！　それはもちろん！　ありがと、晴くん！」

踵を返し、今来た道を歩きだす。そうしてしばらく進んだけれど、いつまでたっても玄関のドアが閉まる音がしない。

まだ見送っているのだろうか。ふと気になって後ろを振り返ってみれば、やはり彼女はまだ、玄関の前に立っていた。こちらを向いてはいたけれど、彼女と目は合わなかった。彼女が見ていたのは、顔の高さに掲げたスマホの画面。

だけど俺が振り向くなり、みのりはすぐに気づいて驚いたように視線を上げる。

その焦ったような仕草と表情を見て、俺もすぐに察した。

「……え、なに。今撮ろうとしてた？」

「ち、違う違う違う！　スマホ見てただけだよー！　じゃっ、じゃあね晴くんまた明日！」

……わかりやす。

あからさまに上擦った声を上げて、ばたばたと家の中に入っていく彼女に、苦笑が漏れる。

写真はあまり好きではないのに、なぜか不思議と、不快には感じなかった。


翌朝。教室で顔を合わせたみのりを見て、俺は絶句していた。

「……なんすか、その頭」

「あっ、晴くん気づいた!?　これね、早起きして頑張ったの！」

ぱっと顔を輝かせ、みのりは自分の髪をちょいとつまんでみせる。

その、頭頂部が不自然に盛り上がった、ボサボサとしか言いようがない髪を。

「ほら見て！」頭を回し、みのりが俺に後頭部を見せてくる。

そこにあったのは、ハーフアップを作ろうとしたことだけは伝わる、奇妙なまとめ髪。

「昨日晴くんがしてくれた髪型がすごくかわいかったからね、自分でもやってみようと思って！」

なるほど。サイドの髪がねじれているのは、昨日のように髪を巻きつけて結び目を隠そうとしたためらしい。だけど巻きつける髪の量が多すぎるせいか、結び目の位置が高すぎるせいか、とにかくボサボサになっている。

「ね、ね、どうかな？」

……どうもこうも。

俺は無言で立ち上がると、「ちょっと来て」とみのりに短く告げ、早足で教室を出た。

みのりを連れてきたのは、先日と同じ中庭。「ここ座って」と彼女をベンチに座らせ、俺はその後ろに立った。

「え、え、晴くん、なに？」

「直すんだよ。ひどいから」

つっけんどんに告げて、彼女の髪に触れる。

途端、みのりは軽く肩を震わせ、固まったように動かなくなった。

かまわず、まずは彼女の髪をきつく結んであるゴムを外す。櫛《くし》はないので、乱れている部分は指で梳《す》いた。それからあらためて、耳上の髪をまとめ、結び目に髪を巻きつけていく。

「ほら、できた」

「わ……あ、ありがとう」

二回目だったので、昨日よりも要領よく仕上げることができた。手鏡を渡せば、彼女は顔を左右に動かしながら、熱心に鏡の中の自分を眺める。

それから、はー、と感嘆の声をこぼした。

「やっぱり上手だなあ、晴くん。私がしたときと全然違う」

「……朝、してやろうか」

「へ？」

「髪のセット。この髪型が気に入ったんなら、毎朝してやってもいいけど。ちょっと早めに登校してくれれば」

「えっ、うそ、ほんとにっ⁉」

うれしそうにみのりが声を上げてくれたことに、なぜか、自分でも驚くほどほっとした。

だけどそれを表に出さないよう気をつけて、うん、と素っ気なく頷けば、

「やったー！　うれしい！　あのね、もちろんこの髪型も大好きなんだけど、私、他にもいろいろやってみたい髪型があるんだ。今度画像探してきてもいい⁉」

「いいよ。俺にできるかどうかはわかんないけど」

「晴くんならぜったいできるよー！　晴くん、ほんとに上手だもん。なんかもう、魔法使いみたい！」

「……魔法使いって」

子どもっぽい表現にあきれながらも、いつの間にか口元がゆるんでいることに気づいて、俺はあわてて引き締めておいた。


だけど良い気分でいられたのは、教室に戻るまでだった。

みのりといっしょに教室に入るなり、中にいたクラスメイトたちからの視線が軽く集まる。

普段つるんでいないふたりがいっしょにいるからだろうと思って、そのときは特に気にしなかった。

気づいたのは、みのりと別れて自分の席についたとき。何気なく教室を見渡してみて、はっとした。

俺のほうを見ているクラスメイトなんて、もうひとりもいない。だけど何人かのクラスメイトは、まだ、みのりのほうを見ていた。

「ちょ、成田成田」

それに正体のつかめない不快感を覚えたとき、後ろから肩をつつかれた。ちょっと高揚したような鹿島の声に、名前を呼ばれる。

「なに」と聞き返しながら振り返ったけれど、鹿島と目は合わなかった。

鹿島が見ていたのは、俺の右斜め前。指でもそちらを示しつつ、「なあ、あれ」と彼は小声で続ける。

「なんかすげえ違うな」

「……なにが」

「久世。髪型違うとなんか、けっこういいな。あんなかわいかったっけ」

驚いたように呟く鹿島の顔を、俺は思わず無言で見つめた。

そこにちょうど担任の先生が入ってきて、ホームルームの開始を告げたため、なにも言わないまま前を向き直る。そうしてちらっと斜め前へ目をやった。

先ほど俺が結んだみのりの髪は、こうして見てもやっぱりなかなかの出来映えだった。彼女によく、似合っている。

けれどそれに、満足感が湧くことはもうなかった。

あの絶望的に下手くそなハーフアップを、直すだけにすればよかったのだ。今更、そんな後悔が苦くこみ上げる。

わざわざ、やり直してやらなくてもよかった。教室にいるあいだは、こんなに――

かわいく、してやらなくても。

鹿島は、きっと今もみのりのほうを見ている。鹿島だけでなく、何人かのクラスメイトも。まだどうしても気になるように、ちらちらとみのりを見ているのがわかる。

それが妙に、不快だった。


「なあ、やっぱかわいくね？　今日の久世ちょっと良くね？」

一限目は体育だったので、着替えのため女子が更衣室へ行き、教室に男子しかいなくなったところで、鹿島が待ってましたとばかりにしゃべりだした。

俺がなにか返すより先に、「いや、たしかにいいよな」と横からべつの男子が同意して、

「久世ってたしかに前から髪型が残念だったんだよなー。なんか起きてそのまま来ました、って感じで」

「わかるわかる。まあ、どうせ朝もギリギリまで寝てるとかだろうけど」

「つーか俺、あの髪型めっちゃツボなんだよなー。名前知らないけど。全女子あの髪型してほしい」

「俺はポニーテールのほうがいいわー。次ポニーテールしてくんないかな、久世」

誰がするか。

興奮気味に鹿島が口にしたリクエストには、心の中でだけ吐き捨てておく。

――ついこの前まで、目障りとか言っていたくせに。

調子の良い鹿島たちに苛立ちながら、俺は脱いだシャツをちょっと乱暴に机に置いた。

着替えを済ませてグラウンドに出るなり、俺はついみのりの姿を探していた。見あたらずしばらくきょろきょろしたあとで、思い出す。みのりはいつも、体育の授業には参加していなかった。

入学してから半年以上、思えば一度も、彼女が体操着を着ている姿を見たことがない。体育の授業は見学すらせず、彼女はいつもどこかへ消えていた。

次も続けてサボるかもしれないと思ったけれど、二限目の始まる三分前ぐらいに、みのりは教室に戻ってきた。めずらしく、教科書とノートを机の上に広げている。まあやる気があるのは最初だけで、すぐに寝るのかもしれないけれど。

体育のあとの日本史の授業は、俺も少し眠たくなってきた。先生の話し方が一本調子で、しだいに呪文のように聞こえてくる。

これはもう間違いなくみのりは寝るだろう、と確信しながらなにげなく彼女のほうへ目をやったとき。

「……え」

思わず声がこぼれた。目を見開く。

みのりは、まだ起きていた。しっかりと顔を上げて、黒板のほうを見ている。だけどノートをとってはいなかった。彼女はシャーペンを握った右手を、自分の膝の上に置いている。そしてそれで――自分の左手の甲を、刺していた。

決して弱い力ではないのは、見ればわかった。シャーペンの先端はまっすぐに、彼女の手の甲に突き立てられている。そうしてそのまま、ゆっくりと横へ動かされるのも見えた。ぎりぎりと、抉《えぐ》るように。

……は？

いや、なに？　なにして……。

ぎょっとしながら、俺は彼女の顔へ目をやる。黒板をまっすぐに見据える、真剣な横顔。けれどその頭は、時折上下に揺れている。瞼も重たそうに、何度か下がりかけるのが見えた。

そのたび、はっとしたように彼女は右手に力をこめている。シャーペンを、左手により深く突き立てる。必死に、眠気に抗うように。

あんなこと、今までしていただろうか。

彼女はもっと当たり前のように、授業開始早々だろうが、眠くなったら寝ていたはずだったのに。

困惑して、そんな彼女の行動を眺めていたときだった。

ふいに、彼女の頭が、がくんと下がった。前のめりに机へ沈んだ彼女の額は、天板とぶつかった拍子に、ごん、と鈍い音を立てる。

その音に、先生も、俺以外のクラスメイトたちも、驚いたように彼女を見た。

机に伏せられた彼女の頭は、そのまま動かない。シャーペンが、彼女の右手から落ちて床に転がった。

「久世さん？」

教壇から、先生が心配そうに呼びかける。けれどなんの反応もなかった。代わりに聞こえてきてのは、すうすう、という細い寝息で。

「……え、うそ。あれで寝てんの？」

「すご。あんな豪快な寝落ち初めて見たー」

教室の後ろのほうで誰かが言って、それにちょっと笑いが起こる。

だけど先生は笑わなかった。

「久世さん、大丈夫？」

けわしい顔のまま、再度みのりへ呼びかける。それにも反応はなかったので、今度は教室を見渡すと、

「誰か、久世さんを保健室へ連れていってください」

はっきりとした口調で、そう告げた。

それに一瞬、気味の悪い冷たさが背中を走った。

先生の表情も声も、この状況には不釣り合いな真剣さに見えたから。

そんな違和感を覚えたのは俺だけではなかったようで、

「……え、なんでわざわざ？　久世さん寝てるだけでしょ。いつものことじゃん」

真ん中の最前列に座っている宇佐美が、不思議そうに口にした。「ねえ」と隣の女子も同意する。

「放っておいていいんじゃないですか？　たぶんそのうち起きるし」

彼女の言うとおり、いつものことだ。久世が授業中に寝るなんて。今更反応するのもバカらしいぐらいに。

だから先生たちも皆、見て見ぬ振りを決め込んでいるのだと思っていたのに。

「いいから。誰か連れていってあげてください」

生徒たちの声は取り合わず、先生は強い口調でぴしゃりと繰り返す。

それに一瞬、戸惑ったような空気が流れた。なんとなく皆迷うように、周りを見渡している。

誰も立候補しないので、先生が誰かを指名しようとしたのがわかった。けれどその

とき、

「あ、じゃあ俺……」

後ろで、鹿島が言いかけるのが聞こえた。

瞬間、俺は勢いよく立ち上がっていた。がたん、と椅子が派手な音を立てる。

鹿島の声が途切れる。教室中の視線が集まる。

「俺が連れていきます」

気づけばほとんど衝動的に、そう告げていた。


声をかけても起きる気配はなかったので、先生に手伝ってもらって、みのりを椅子から俺の背中に移した。細いとは思っていたけれど、そうして持ち上げたみのりの身体は、ちょっと驚くほど軽かった。

集まるクラスメイトたちの視線の中、みのりをおぶったまま教室を出る。そうして廊下を進み、階段を下りるあいだも、ずっと背中からは規則的な寝息が聞こえていた。

たどり着いた保健室に、先生はいなかった。他に休んでいる生徒の姿もなかった。ただ白いカーテンが、開けられた窓から吹き込む風に揺れていた。

とりあえず、俺は眠ったままのみのりをベッドに下ろした。要領が悪かったせいで、勢いよく横向きに倒れ込むような格好になってしまったけれど、それでも彼女に起きる気配はなかった。

「よく寝てるなあ……」

仰向けに直し、足下にあった毛布を掛けてやってから、俺は思わず感心して呟く。

ここまでされて起きないとは。

少し迷ったあとで、ベッドの脇に置かれたパイプ椅子に腰を下ろした。

先生いないし。誰もいない保健室にひとり残していくのも気になるし。なんて、言い訳するように考えながら。

眠るみのりの顔を見る。瞼はしっかりと閉じられ、薄く開いた唇からは、細い寝息が漏れている。今はまだ、瞼にも頬にもなんの色ものっていない。それでもその顔は、きれいだと思った。

白い肌は本当に、コンシーラーどころかファンデーションすら必要ないぐらいに透明感があって、唇には自然な赤みが差している。

彼女が眠っているのをいいことに、俺はしばし無遠慮にその顔を眺めていた。メイクをするときにさんざん見ているはずなのに、不思議なほど飽きなかった。

この顔に、次はどんな色をのせよう。ブラウンとかベージュとか無難な色は試してみたし、そろそろ寒色系にも挑戦してみたい。肌が白いから、ぜったい似合うだろうし。ピンクとか黄色みたいな、淡い色もきっと――。

そんなことを、ぼんやり考えたときだった。

ふいに、背中を冷たいなにかが走るような、嫌な感覚がした。

理由はわからない。ただ、さっきまでなにげなく眺めていたみのりの寝顔に、突然、真っ黒な恐怖が塗り重なった。

ひゅっと、吸い込み損ねた息が喉で音を立てる。指先から熱が引く。

気づけば、俺は彼女の肩に手を伸ばしていた。軽くつかんで、揺らす。

「みのり」

彼女が起きる気配はない。それにまた、真っ黒な恐怖が広がる。彼女の寝顔を覆い隠そうとする。それに、俺は短く息を吸った。

「みのり！」

叫んだ俺の声は、自分でも驚くほど大きく、そして強張っていた。

みのりは起きない。いつものように。――だけど。

こんなに起きないことが、あるだろうか。

いくら熟睡していたとしても。

机に額をぶつけても、背負われて保健室まで連れてこられても、ベッドに勢いよく倒れ込んでも、起きないなんて。

今更、そんな違和感が冷たく胸を満たす。途端、息もできないほどの焦燥《しょうそう》が身体を焼いて、それに押されるまま、俺は彼女の肩を強く揺すった。

「なあ、みのり！　起き——」

力加減なんてできなかった。がくん、と大きく彼女の頭が揺れて、拍子に瞼がぴくりと動いた。

はっとして彼女の顔を見る。

「みのり」

もう一度呼んでみれば、伏せられていた彼女の瞼が、ゆっくりと上がった。

ぼんやりとした瞳が、俺を捉える。

「……晴くん？」

瞬間、息が止まるほどの安堵と同時に、今まで彼女に対する感じたことのなかった感情が、胸を貫いた。

「え、ここって……」

「保健室。みのりが授業中に寝たから、先生が連れていけって」

「え……晴くんが連れてきてくれたの？」

「そうだよ。おんぶして」

不思議そうに視線を漂わせていたみのりの意識は、そこでいっきに覚醒したようだった。

「おんぶ!?」すっとんきょうな声を上げながら、がばっと身体を起こす。

「晴くんが？　私を!?」

「そうだよ。みのり寝てたから、歩いてくれなかったし」

「わ……ご、ごめんね。重かったでしょ？」

「……いや」

むしろ軽かった。一瞬ぎょっとしたぐらい。

思い出すとそのときの戸惑いがよみがえってきて、俺は何気なく、ベッドに無造作に置かれた彼女の手に視線を落とした。

血管が透けるぐらい真っ白な手の甲に、引っ掻いたような傷が三本、走っている。

「……それ、さ」

「うん？」

目にした途端、さっき見た光景が瞼の裏に浮かぶ。自分の手の甲にシャーペンを突き立てていた、みのりの姿が。

「さっき、なんであんなことしてたの？」

「へ、あんなことって？」

「授業中、シャーペンで、手を」

ああ、とみのりはすぐに思い当たったように、自分の手の甲に目をやって、

「やだー、見られてたんだ。恥ずかしいな。あのね、眠くなってきたから眠気を飛ばそうと思ったの。まあ、けっきょく寝ちゃったみたいだけど」

「なんでそこまでして……」

「だって、晴くん言ったでしょ。恋がしたいなら、授業ぐらいは真面目に受けたほうがいいって。授業中に寝てる女の子は魅力的じゃないって」

あっけらかんと返された答えに、一瞬あっけにとられた。

「……言った、けど」

途端、傷だらけの彼女の手が、よりいっそう痛々しく見えてきて、

「べつに、あんなの単なる俺の意見っていうか……全男子の総意ってわけでもないし、そこまで気にするようなことじゃ」

「でも、少なくとも晴くんは、そうなんでしょ?」

ふいに真剣な声が耳を打って、え、と声がこぼれる。

みのりの顔を見ると、まっすぐにこちらを見据える彼女と目が合った。

「だから」にこりと微笑んで、みのりが続ける。

「私、頑張ろうって決めたの。これからは、できるだけ寝ないように」

驚いてその顔を見つめていると、やがて彼女は恥ずかしそうに表情を崩した。へへ、と笑いながら、指先で前髪をいじる。

その頬が赤く染まっているのを見た瞬間、心臓をぎゅっとつかまれたような、息苦しさがおそった。高くなった鼓動が、耳元で鳴る。

「……みのり」

「うん？」

突き上げた衝動は、ついさっき、彼女が目を覚ました瞬間に感じたものとよく似ていた。

じっと俺の顔を見つめる彼女の目を、見つめ返す。

声は、気づけば転がり落ちるようにこぼれていた。

「それってさ、俺じゃだめなの？」

「え、なにが？」

「みのりが言ってた……恋がしたいっていう、その、相手」

え、と声を漏らした彼女が、目を見開く。

一瞬だった。だけどその一瞬だけで、わかってしまった。

彼女の目に浮かんだのは、喜びではなく戸惑いだった。

「え……えっと」みのりがためらいがちに口を開く。その返答を聞きたくなくて、俺は思わずさえぎるように言葉を重ねた。

「ほら、そうすればこそこそせずに堂々とメイクもしてやれるし、髪だって――」

「ごめんなさい」

だけどさえぎって告げられた返答は、あまりにはっきりとしていた。

一瞬、息が止まる。

みのりは申し訳なさそうに顔を伏せて、けれど迷いのない口調で、続けた。

「私ね、恋はしたいって言ったんだけど、その、付き合うとか、そういうのは考えてなくて」

「なに、それ。どういう……」

「ごめん。片思いで充分っていうか、付き合うなんてとんでもないっていうか、とにかく、晴くんに私の彼氏なんてそんな、たいそうなものにはなってもらわなくて大丈夫っていうか……」

〝なってもらわなくて大丈夫〟？

理解できない言葉を並べるみのりの顔を、俺はあっけにとられて眺めていた。

意味がわからない。

だいたい〝片思いで充分〟ってなんだ。そんなのはお前が決めることじゃない。というか、決められることじゃない。じゃあ俺の気持ちはどうなるんだ。

俺はもう、みのりが。

「ごめんね、勝手なこと言って」

眉尻を下げて、困ったような笑顔でみのりは言葉を継ぐ。ほんの少し、泣きそうにも見える顔だった。

「でも」

ただ、繰り返されたその言葉だけは、決して揺らぐことはなかった。

「私は、晴くんとは付き合えない」

――それが、彼女の答えだった。


その日以降、みのりは授業をサボることが格段に増えた。

以前は多くても一日に三限ぐらいだった気がするのに、最近は一日のほとんどの授業をサボるようになった。

サボっているあいだ、彼女がどこでなにをしているのかは知らない。大方どこかで寝ているのだろうけど。

そしてなぜ、彼女が急に授業をサボりがちになったのか、その理由も。

あれから、俺はみのりと話さなくなった。

放課後にメイクをしてやることもなくなったし、朝、みのりの髪をセットしてやるという約束も、けっきょく一度も果たされることのないまま流れてしまった。

最後にみのりと交わした、保健室でのやり取り。

情けないことに、あれが思いのほか深く、心を抉っていて。

かなり不格好で曖昧な形にはなってしまったけれど、いちおう俺にとっては、生まれて初めての告白のようなもの、だった。それも、たぶん自分のことを好きなんじゃないか、と思い込んでいた相手への。

それを存外にきっぱり断られたことへのショックと、その理由に対するモヤモヤが、まだ重たく胸に沈んでいた。

〝片思いで充分〟とか、〝彼氏にはなってもらわなくて大丈夫〟とか。

ぜんぶ彼女の都合ばかりで、俺の気持ちを無視した、身勝手なものに思えたから。


「なんか最近、久世いないいなー」

紙パックのオレンジジュースを飲みながら、鹿島が斜め前の席を眺めて独り言みたいに呟く。

今日もみのりは、午前中すべての授業をサボっていた。昼休みの今も、当然のように教室にはいない。朝のホームルームは出ていたし、鞄は机に掛かっているし、まだ校内にはいるようだけれど。

「そうだね」と俺は話題を切り上げるように素っ気ない相槌を打ったつもりだったけ

れど、

「どうしたんだろ。前はこんなサボってなかったよな」

心配そうに鹿島が続けたので、俺は鹿島の顔を見た。

「気になるの？」

「そりゃまあ」

「最近、髪型ももとに戻ってんのに？」

一日だけ下手くそなハーフアップにしてきたあの日以降、みのりが髪をいじってくることはなかった。前と同じ、無造作に下ろしただけの、起き抜けみたいな髪型に戻った。だから鹿島が気に入っていた、〝けっこうかわいい〟みのりではなくなったはずなのに、

「でもなんか、最近かわいくなったよな。久世」

思いがけない言葉を鹿島が口にしたので、俺は卵焼きを口に運びかけた手を止めた。

眉を寄せ、何度かまばたきをする。

彼女の髪型はけっきょく以前のままだし、朝、みのりが自分でメイクをしてくるということもない。だから以前のみのりと、目に見える変化はないのに、

「あー、わかるわかる」

隣の席で弁当を食べていたべつの男子まで、横から同意してきた。唐揚げをつまん

だ箸先を、こちらへ向ける。

「最近いいよな。前は全然気にしてなかったけど。なんか、どんどんかわいくなってくっていうか」

「な。なんだろ、べつになんか変わったわけでもないんだけどなー」

ふたりとも、みのりの変化の理由についてはよくわからないようで、不思議そうにそんなことを言い合っていた。

俺は眉を寄せたまま、そんなふたりの会話を黙って聞いていた。

なぜだか、無性にイライラしながら。

「えー、久世さんそんな変わったー?」

耐えかねて口を開こうとしたときだった。後ろから聞こえてきた高い声が、まさに俺が言おうとしていた台詞を口にした。

振り返ると、宇佐美がメロンパンとミルクティーを手に立っていて、

「よくわかんないけどなあ。前となんにも変わんなくない?」

「や、そうなんだけどさあ。なんか変わったと思わね?」

「えー、だからどこがよー」

「いや、それはよくわかんないけど」

「なにそれー。てか、もうそれ、鹿島くんが久世さんのこと好きってことなんじゃな

い？」

楽しそうに鹿島をからかっていた宇佐美の視線が、ふとこちらを向く。

「ねえ、成田くん」それからちょっと真面目な口調になって、口を開いた。

「今日の放課後、時間ある？　少しでいいんだけど」

「え？　うん、いいよ」

ノートかなにかの頼み事だろうか、と思いながら軽く頷けば、「よかった」と宇佐美は明るく笑って、

「ちょっとね、成田くんに渡したいものがあるんだ」

少しだけ照れたような笑顔で、そう言った。


放課後になると、宇佐美は小さな紙袋を手に俺の席へやってきた。

ここで渡されるかと思ったら、宇佐美は周りを気にするように小声で、

「ちょっと来てくれる？」

とささやいてから、俺の返事は待たずに歩きだした。

まっすぐに廊下を進んだ宇佐美は、突き当たりにある扉を開け、外の渡り廊下に出た。その真ん中あたりでようやく足を止め、こちらを振り返った彼女は、

「――あのね、これ」

言いながら、持っていた紙袋をおずおずと俺のほうへ差し出してきた。

「えと、クッキーなんだけど……昨日、ちょっと焼いてみたんだ」

「宇佐美が？」

「うん。あたし、けっこう好きでさ。そういう、お菓子作りとか……」

「え、すご。知らなかった」

だいぶ意外な趣味に、ちょっと驚いて呟く。普段教室で見ている宇佐美は、友達といっしょにドラマやファッションの話で盛り上がっているような、きゃぴきゃぴしたイメージしかなかったから。

感心していると、宇佐美は照れたように指先で頬を掻いて、

「それでね、昨日クッキー作ったんだけど、けっこううまくできてさ。うれしかったから、今日みんなに配ってるんだ。だから、成田くんにも」

「いいの？」

「うん。あ、クッキー、嫌いじゃなければ……」

「全然。うれしいよ、ありがとう」

笑顔で宇佐美の手から紙袋を受け取れば、宇佐美もほっとしたような笑顔になった。

受け取った紙袋は、けっこうずしりとした重さがあった。袋の口から中をのぞいてみると、透明のシートにくるまれた、形も色もさまざまなクッキーが見える。

「こんなにたくさんいいの？」

「うん。ほら、成田くんにはいつもお世話になってるから。ノートとかいろいろ。そのお礼っていうかね」

なぜか言い訳するみたいな早口で、宇佐美が答える。その少し焦ったような表情と、かすかに赤くなった頬を見て、俺はそれ以上訊くのをやめた。「そっか」とだけ返して、もう一度笑みを向ける。

「ありがとう、わざわざ」

「ううん、こっちこそ」

「宇佐美は今から部活？」

「あ、う、うん」

「そっか。じゃあ」

頑張って、と俺が話を切り上げようとしたのをさえぎり、「あっ、あの！」と宇佐美があわてたように声を上げた。

「成田くんってさ、その……」

普段の宇佐美らしくない、もたついた口調だった。制服の裾を意味もなくいじる。そうして迷うように口ごもったあとで、

「最近さ、久世さんと仲良いの？」

「は？」とうっかり苛立った声が口をつきそうになって、あわてて呑み込んだ。

代わりに、できるだけ表情を動かさないよう努めて、

「なんで？」

「えっと」と宇佐美はまた意味もなく制服の裾をいじりながら、

「なんかこの前、成田くんと久世さん、いっしょに教室入ってきたし……それにほら、最近ノートもよく貸してるでしょ？　久世さんに」

どうやら宇佐美の本当の用事は、クッキーではなくこれだったらしい。

なにげない感じで訊こうとしているみたいだったけれど、表情は思いきり強張っていた。

そういえば、前にも宇佐美にこの質問をされたのを思い出す。どうにもみのりのことが気に食わないらしい宇佐美に、俺は少し考えてから、

「心配になっただけだよ。久世、よく寝てるし、ノートとれないままじゃ困るだろうし」

「なんで急に？　前はべつに気にしてなかったよね、久世さんのことなんて」

「そうだっけ。まあ、なんか最近気になったから」

これ以上みのりの話題を続けたくなくて、「それだけ」と切り上げるように言ってみたけれど、

「え、なんで？　なんか気になるようなきっかけがあったの？」

宇佐美はぎゅっと眉を寄せ、少し強くなった口調で問いを重ねてきた。

「いや、きっかけっていうほどのことはべつに……」

「でも最近、急に仲良くなってあやしいって、友達も言ってたよ。この前、ふたりでいっしょに帰ってるところも見たって」

「べつに、急に仲良くなったっていいじゃん」

まるで責めるような宇佐美の口調に、ちょっとうんざりして突っ返す。だけど笑顔は崩さないよう気をつけて、言葉を継いだ。

「いっしょに帰ったのは、久世が具合悪そうだったからだよ。途中で倒れないか心配だったから」

「……心配」

なにが引っ掛かったのか、宇佐美はぼそっとその単語を繰り返してから、

「この前さ、久世さんが授業中に寝て、先生が誰か保健室に連れていってって言ったときも、成田くんが行ったじゃん」

「……ああ、うん」

「あのあと、成田くんもしばらく戻ってこなかったよね。なんかあったのかなって、友達とも話してたんだけど」

友達。また出てきたその単語に、思わず苦い笑いがこみ上げる。普段、宇佐美たちはそんな話で盛り上がっているのだろうか。俺とみのりがどうとか。考えると、なんだかますますうんざりしてきて、

「べつになにもないよ。保健室の先生いなくて心配だったから、ちょっといただけで」

「前にさ、久世さん、一回だけ髪をハーフアップにしてきたことあったじゃん」

「……あったけど」

俺の返答を無視して急に変わった話題に、ちょっと語尾を上げた調子の相槌を打つ。だけど宇佐美の中では、まるで一続きの流れみたいに、

「あれって、成田くんと仲良くなったこととなんか関係あるんじゃないかなって」

「なに、なんかって」

「だって久世さん、今までは全然髪型とかかまってなかったじゃん。なのに急にあんなことしてきてさ、好きな人でもできたんじゃないの、って誰かが言ってて」

笑い交じりの宇佐美の口調には、どこかバカにしたような響きがあった。

俺はそんな宇佐美の顔を、黙って見つめた。

みのりがクラスの女子たちのあいだで、なんとなく見下されているのは知っていた。勉強もできない、やる気もない、おしゃれにもかまわない。おまけに休み時間も寝てばかりで、社交性もまるでない彼女は、たぶん女子の中のカーストではかなり下のほ

うだったはずだ。

だけど。

「……それ、なんか悪いの？」

「え」

絶望的に下手くそな、だけど一生懸命作ってきたことだけは伝わる、みのりのハーフアップを思い出す。それをやり直してやったときの、心底うれしそうな笑顔も。

「好きな人ができて、髪型に気を遣うようになる。久世がどうだかは知らないけど、べつに、いいことじゃん。宇佐美たちにあーだこーだ言われるようなことじゃないと思うけど」

──私、頑張ろうって決めたの。これからは。

彼女の口にした決意は、間違いなく本気だった。

けっきょくできなくてまた寝てしまったとしても、髪がボサボサになったとしても。

彼女が頑張ろうとしていたことだけはたしかで、それは決して、バカにされるようなことじゃない。

……だって俺はずっと、それすら、できずにいる。

もう、笑顔を保っている余裕はなかった。保つ気にもならなかった。

苛立ちを隠さない表情で宇佐美を見れば、彼女の目が大きく見開かれる。

「だっ、だって」カッとなったように口を開いた宇佐美の声は、少し掠《かす》れていた。

「似合ってなかったじゃん、全然」

「はあ？　めっちゃ似合ってただろ」

声は、考えるより先に喉からあふれていた。迷う間もなかった。

だってそれだけはみじんの隙もなく、断言できた。

「最高だったわ。あんなハーフアップ似合うやついるんだって、びっくりしたぐらい」

言ったあとで、今日の宇佐美の髪型もハーフアップだということに、ふと気づいた。

だけどべつに、訂正する気にはならなかった。少しも。


校舎に戻り、大股で廊下を進む。苛立ちは収まるどころか、一歩足を踏み出すたびに大きく膨らんでいく。

さっき見た、みのりを見下す宇佐美の表情が、瞼の裏をちらつく。それにまたイライラしたとき、昇降口のところに設置されたゴミ箱が目に入った。

右手に持ったままだった紙袋に目をやる。宇佐美が作ったのだと思うと、途端、それを手にしているのも嫌になった。

ゴミ箱のほうへ歩いていく。そうしてそこに紙袋を突っ込んでから、学校を出た。

第三章　ぜんぶ、きみのせい

空気が違った。

朝、教室に足を踏み入れた瞬間に、もうわかった。

中には、すでに二十人ほどのクラスメイトたちがいた。

俺が教室に入るなり、そこにいた彼らの視線が俺に集まる。喧噪《けんそう》も、奇妙なほどに一瞬で静まった。

俺は思わず足を止め、教室を見渡した。

集まった視線が決して快《こころよ》いものではないことには、すぐに気づいた。

ほとんどの視線はすぐに逸らされたけれど、中には、俺と目が合っても視線を外さない者もいた。

いちばんあからさまだったのは、鈴原《すずはら》という女子だった。

こんなにもはっきりと、人に睨《にら》まれたのは初めてだった。彼女は、嫌悪も怒りも侮《ぶ》蔑《べつ》も、ひとつとして隠さなかった。ただまっすぐに、針のように鋭い視線を俺へ向けていた。

彼女が宇佐美の友達だということは、すぐに思い出した。実際、鈴原が立っているのは宇佐美の席の前。そこに座る宇佐美は机に顔を伏せていて、鈴原はそんな宇佐美の肩に手を置いている。

宇佐美の表情は見えない。けれど彼女の肩が小刻みに揺れているのと、かすかに聞こえた嗚咽《おえつ》で、彼女が泣いていることはわかった。

そして、その理由もすぐに。

「成田くん」

教室の入り口のところに立ちつくしていた俺を、鈴原が呼ぶ。

空気が、びりっと音を立てたようだった。それぐらい、その声には敵意に満ちていた。

宇佐美の席を囲んでいるのは、鈴原と、他にふたりの女子だった。皆、宇佐美と特に仲の良かった女子たちだ。そしてその全員が、睨むような目をこちらへ向けている。

「これ、あんまりじゃないの？」

そう言って鈴原が指さしたのは、宇佐美の机に置かれた、見覚えのある紙袋。昨日宇佐美に渡された、そして俺が昇降口のゴミ箱に捨てたそれが、また宇佐美のもとにある。

その意味することなんて、考えるまでもなかった。

「莉緒《りお》、めちゃくちゃ頑張って作ってたんだよ。成田くんに食べてほしいからって。なのに」

怒りに震える声で、鈴原が重ねる。

「それを、捨てるとかさ……マジであり得ないんだけど。ひどすぎ」

絞り出すようなその声は、本当に心から、鈴原が怒っていることがわかった。そして友達をそれだけ怒らせるほど、宇佐美が傷ついていることも。

みんなに配っていた、のではなかったのだろうか。

昨日聞いた宇佐美の言葉を思い出しながら、ふと頭の隅でそんなことを考える。

うまくできてうれしかったから配っているのだと、昨日の宇佐美は言っていた。

だけど思えば、それならこそこそする必要はなかったはずだ。わざわざ渡り廊下へなんて行かず、教室で堂々と渡しても。それに昨日、鈴原も他の宇佐美の友達も誰も、宇佐美からクッキーをもらっている姿は見なかった。

――成田くんに食べてほしいから。

だからきっとその言葉は、真実なのだろう。

「明日香《あすか》」と震える小さな声がした。

少しだけ顔を上げた宇佐美が、手を伸ばして鈴原の腕に触れる。

「いいよ、もう……」

「良くないよ！　こんなのひどすぎじゃん！」

弱々しい宇佐美の声に、鈴原はよりヒートアップしたようだった。周りの友達も、

「そうだよ」「莉緒、こんなに傷ついたのに」と口々に畳みかける。

「ねえ！」とキッと睨みつける視線を再度こちらへ向け、鈴原が先ほどより鋭くなっ

た声を投げつけてくる。

「なんか言うことないわけ？　莉緒、泣いてんだよ！」

なにも、なかった。

思いつかなかった。言い訳も弁明も、なにひとつ。

昨日の宇佐美の様子を見て、なにも察しなかったわけではなかった。本当はみんなに配っているわけではなく、俺にだけ渡されたものではないかと、思わなかったわけではなかった。

だけどそれでも、それをゴミ箱に捨てるとき、俺は躊躇《ちゅうちょ》なんてしなかった。

宇佐美が傷ついてもいいと、ぞっとするほど冷え切った気持ちで、あのときの俺はたしかに思った。

教室はいつの間にか、しんと静まりかえっていた。

雑談していたはずのクラスメイトたちも皆、戸惑ったように話をやめている。あからさまにこちらを見ているわけではないけれど、彼らがじっと鈴原の声を聞いていることはわかった。

それだけで、悟った。

今日を皮切りに、この教室内の空気は変わる。俺のクラスでの立ち位置も。そしてそれは、決して戻らない。今まで必死に取り繕って築き上げてきたものがぜんぶ、崩れ落ちていくのが見えるようだった。

にわかに目の前が暗くなる。

「最低」とどこかで誰かが低く呟いた。

小さな声だったのに、奇妙なほどくっきりと、耳に響いた。

宇佐美を囲んでいる女子たちではなかった。教室にいる、この騒動を傍観《ぼうかん》していた誰かが口にした、俺への非難だった。

それは波紋のように、教室中に広がる。空気が、塗り変わっていく。

「えー、やばくない？」

「成田ひっど」

「宇佐美さんかわいそう」

肩に掛けた鞄が、重たさを増したようだった。

空気がうまく喉を通らない。指先が冷たい。

次にとるべき行動がわからなかった。なにを言ったところできっともう変わらないのだということだけ、嫌になるほど確信できた。

途方に暮れて、バカみたいにその場に立ちつくしていたとき、

「──あ、あのっ」

ふいに後ろから声がした。

なんだかずいぶん、久しぶりに聞いた気のする、懐かしい声が。

振り返ると、みのりがいた。いつからそこで聞いていたのか、肩に鞄を掛けて立っている。

「ち、違くて、それっ」俺の横を素通りして、みのりは教室に入っていく。

驚いてその背中を見送っていると、彼女はまっすぐに宇佐美の席まで歩いていき、

「——それ、捨てたの私です！」

鈴原の目の前に立ち止まるなり、机の上の紙袋を指さして、そう告げた。

「……は？」

教室中に響いたその声に、間の抜けた声をこぼしたのは、俺だけではなかった。

宇佐美も鈴原もあっけにとられたように、突然現れたみのりをぽかんと見ていた。

そんな宇佐美たちに向けて、かまわずみのりは勢いよく頭を下げると、

「私が成田くんの鞄から盗って、それ、ゴミ箱に捨てたの。成田くんじゃなくて、私が！　ごめんなさい！」

みのりの言葉に、教室がちょっとざわつく。

……いや、なに言ってんの、あいつ。

俺はひたすら困惑して、そんなみのりの姿を見ていた。わけがわからなかった。

少し間を置いて、「はあ？」と鈴原があきれたような声を上げる。

「なにそれ、そんなわけないじゃん。なんで久世さんがそんなことするわけ？」

ざわつく周りとは違って、鈴原の反応は冷めたものだった。

眉をしかめた彼女は、みのりの言葉なんて信じた様子もなく、

「久世さんがそんなことする理由ないでしょ。なんでそんなうそ――」

「好きだったから！」

吐き捨てようとした鈴原をさえぎり、みのりが叫ぶ。なんの迷いもない、投げつけるような声で。

それにちょっと驚いたように、鈴原が言葉を切ったあいだに、

「私、成田くんのことが好きだったから！　だから宇佐美さんに嫉妬《しっと》しちゃったんだ。宇佐美さんかわいいし成田くんとも仲良しだったし、それでつい、その、ごめんね！」

一息にまくし立てて、みのりがまた頭を下げる。

え、と鈴原が戸惑ったような声を漏らす。

それきり言葉に詰まった鈴原の隣で、宇佐美も反応が追いつかないように、ただ困惑した顔でみのりを見ていた。

彼女たちが黙ったあいだに、みのりはまたすぐに顔を上げ、今度はこちらを振り向いた。

目が合う。

瞬間、叩かれたみたいに、彼女の表情がぐしゃっと歪んだ。

「――晴くん」

俺を呼んだ彼女の声は、途端に頼りない、不安定なものに変わっていた。

みのりが、笑おうとしたのがわかった。

けれど笑みは完成することなく、不格好に崩れた。

作りかけの中途半端な笑顔のまま、みのりが言葉を継ぐ。途方に暮れた、子どもみたいな声で。

「実はね、そうでした」

「は……」

「私、晴くんのことが好きでした。ごめんね」

最後に告げられた言葉の意味は、わからなかった。全然わからなかった。

彼女はなにを謝っているのだろう。わからないことに、ぞっとするような焦燥が身体を走る。

「みのり」と口を開こうとした。けれどいつの間にかカラカラに渇いていた喉は、咄嗟に声が通らなかった。

その一瞬のあいだに、みのりは駆けだしていた。

バカみたいに突っ立っていた俺の横をすり抜け、教室を出る。

「――みのり！」

そこでようやく喉を通った声にも、みのりは足を止めなかった。一直線に廊下を走っていき、突き当たりで右に折れる。そうして視界から消えた彼女の背中を追いかけるため、俺もあわてて教室を出た。

さっきまで凍ったように突っ立っていたせいか、一瞬足がもつれそうになる。それでもなんとか踏ん張り、みのりを追って廊下を走りだした。

途中、何度か他の生徒とぶつかりかけたが、謝っている余裕もなかった。ただ息が止まりそうな焦燥だけが、胸を焼いていた。


階段を一階まで下りたみのりがまっすぐに向かったのは、下駄箱だった。

あわただしく自分の靴を取り出し、上履きから履き替える。そうしてスニーカーの踵を踏んだまま、また走りだそうとした彼女を、俺は上履きのままで追いかけた。

「みのり！」

追いついたのは、彼女が昇降口から外に出たときだった。

靴を中途半端に履いていたせいか、急にみのりがつまずいた。がくん、と倒れかけた彼女の腕を、俺は咄嗟につかむ。それで支えられたと思ったけれど、みのりはそのまま、崩れ落ちるように地面に膝をついた。片手も地面につけ、もう片方の手は顔を隠すように額を押さえる。

「……みのり？」

そこでようやく、彼女の呼吸がひどく荒いことに気づいた。肩を揺らし、苦しそうに速い呼吸を繰り返している。ぎょっとして、俺も彼女の前にしゃがみ込めば、髪の隙間からのぞく顔がいやに赤いことにも気づいた。

「ちょ、大丈夫？　どっか苦しい？」

「あ、ちが、全然……ちょっと、久しぶりに、走った、から」

荒い息の合間、とぎれとぎれにみのりが答える。それから大丈夫だということを示すように顔を上げ、へへ、と笑った。

だけどその顔を見て、俺はよけいにぎょっとした。頬が真っ赤なだけでなく、額にはじっくりと汗もにじんでいたから。まるでサウナにでも入ってきたみたいに。

教室から昇降口まで。走ってきた距離は全然たいしたものではない。実際、俺はまったく息も乱れていないし、汗だってかいていない。男女の差や普段の運動量の差はあるとしても、ここまで疲弊《ひへい》するものだろうか。

ふいに湧いた疑問は、スイッチを押すように、次々とこれまでに感じた違和感を呼び起こしていった。

授業中、よく寝ていた。しばしばサボってもいた。

体育の授業は、一度も参加しなかった。

手の甲にシャーペンを刺していても、崩れるように眠りに落ちた。

そんな彼女を、保健室に連れていくよう、先生は言った。

「……みのり」

全身を巡る血液が、すっと温度を下げたような感覚がした。

渇いた喉に、冷たい唾が落ちる。

「お前さ、もしかしてどっか身体が……」

「あのね、晴くん」

訊ねかけた俺をさえぎり、みのりが口を開く。乱れた呼吸を必死に隠すよう、ぎこちない笑みを浮かべて。

そうしてまっすぐに俺の目を見据えた彼女は、

「私ね、学校、辞めることにしたんだ」

奇妙に明るい口調で、はっきりと、そう告げた。

「は……？」

一瞬、なにを言われたのかわからなかった。

――学校を、辞める？

「なに、急に。なに言って……」

「急じゃないよ。実はね、ずーっと考えてたんだ。この高校に入学したときから」

「入学したときから?」

「うん」

なにを、言っているのだろう。

心底困惑する俺に対して、みのりはあっけらかんと笑うと、

「ずっと通いつづける気はなかったんだ。最初から、期間限定のつもりだったの。いつまで通えるかはわかんなかったけど、もういいかなーって」

もういい。そう告げた彼女の声に、湿っぽさなんて少しもなかった。なんの未練も、ためらいも。

きっと彼女は本当に、〝もういい〟のだ。

それだけはわかって、よけいにわけがわからなくなる。

だって、

「辞めるつもりで、入学したってこと?」

「うん、まあ。やっぱり勉強も全然ついていけなかったし、授業も眠くて、どんなに頑張っても寝ちゃうしさ」

「なんだ、それ。じゃあ最初から来なきゃ……」

言いかけて、ふと思い出した。

なにをしに学校に来ているのかと軽口を叩いた俺に、彼女が返した答え。

——恋をするためには、学校に来なくちゃ出会いもないし。

……まさか。

唖然《あぜん》とする俺に、みのりはどこまでもからりとした笑顔で、

「だからね、晴くん。さっきの、気にしなくていいからね」

ようやく落ち着いてきた呼吸を整えながら、朗らかに言った。

「さっきの？」

「宇佐美さんのクッキーのこと。ちゃんと、私が捨てたってことにしておいてね」

「は？　いや、なんで」

よくない。いいわけがない。

俺が宇佐美にむかついたから、腹いせに宇佐美を傷つけた。ただそれだけで、べつに理不尽に責め立てられていたわけでもない。ただの自業自得。みのりに同情されるようなことでも、庇《かば》ってもらわないといけないようなことでもない。まして代わりにみのりが責められるなんて、そんなこと。

「ぜったいだめだろ。教室戻ったら、ちゃんと俺から宇佐美たちに——」

「いいから！　だって私、どうせ、もういなくなるんだから」

存外に強い口調で言い切られ、俺は思わず言葉を切った。

「ね、だから」とみのりは笑顔のまま重ねる。

けれど続いた声は、かすかに震えていた。

「私、今更宇佐美さんたちに嫌われても、べつにどうってことないもん。ほんと、なにも問題ない。もう会わないんだから。だけど晴くんは違うでしょ。まだ高一の秋だし、先は長いし。嫌な空気のクラスで過ごすのしんどいじゃん。ね」

「なに、そのために……？」

「うん！　これで、いなくなる前にちょっと、晴くんの役に立てたかなーって」

いなくなる。

さっきから彼女が繰り返すその言葉が、ぎりっと心臓を締め上げる。

それが冗談ではないことなんて、もう嫌になるほどわかっていた。そしてそれは、すでに彼女の中では決定事項で、引き止めようがないことも。

「待ってよ、さっきからなに、わけわかんないことばっか……」

なのに、俺は必死に言葉を探していた。

言いたいことはたくさんあるはずだった。だけど息が詰まって、うまく声が出せなかった。

「なに、辞めるとか、いなくなるとか。意味わかんねえ。辞めてどうすんの。だいたいいまだ……」

――ピンクのアイシャドウも、水色のアイシャドウも。

朝、みのりの髪を結んでやるという約束も。

まだ、なにひとつ。果たされてなんか、いないのに。

「ごめんね」

まくし立てようとした俺をさえぎり、みのりが言う。絶望的なまでに、穏やかな口調と表情で。

「もう決めてるんだ。どうしようもないの」

どうしようもない。

理解は追いつかないのに、一分の隙もなく、その事実だけは叩きつけられた気がした。

それぐらい、彼女の声には悲壮《ひそう》なほどの覚悟があった。それだけは、わかった。

わかってしまった。

「ああ、でもよかったなー」

俺が呆然としているあいだに、みのりは明るい声を上げながら立ち上がる。そうして空気を変えようとするみたいに、スカートについた砂をぱんぱんと払って、

「私ね、この高校に来てよかったよ。ほんっとうによかった」

「は……」

噛みしめるようなその言葉に嘘は見えなくて、俺はまたわけがわからなくなる。

なにがよかったというのだろう。

授業中は寝てばかりで、クラスメイトからも先生からもあきれられて。体育祭とかクラス会とか、そういう行事関係は一切参加できていなかったし、だからやる気がないとか協調性がないとか言われて、友達もできなくて、宇佐美たちみたいな女子からは陰口も叩かれていたみたいだし。

そんな高校生活の、いったいどこが、

「晴くんに、会えたから」

「え……」

「私ね、けっこうお母さんたちに無理言って高校生になったの。どうせ進級もできないし、行く意味ないでしょって。それは自分でも思ったんだけど、でもどうしても行きたくて、行かせてもらったんだ」

俺がぶつけようとした疑問を見透かしたみたいに、みのりは言う。

よどみのない口調には、清々しさすら感じるような明るさがあった。

「……行く意味ない、って」

彼女が当たり前みたいに口にした言葉が、小骨みたいに喉に刺さる。

どうせ進級もできない。行く意味ない。

入学する前から、そんなことを言われる人間ってなんなのだろう。

たしかに、みのりが勉強ができないのは知っていた。だけど、だからといって高校に行く意味がないとはならないし、どうせ進級できないと決めつけられる筋合いもない。

そもそも、たいした偏差値でもないこの高校に、勉強ができない人間なんてみのり以外にもいる。だけど彼らは当たり前みたいに高校に通っているし、これからもきっと通いつづけるはずなのに。

「やっぱり授業は寝ちゃうし、全然勉強はついていけなかったし。友達もなかなかできなかったしさ、そりゃちょっとしんどいこともあったけど。でも最後に晴くんと仲良くなれて、メイクとかしてもらえて。ほんとにほんとに楽しかった。夢みたいな時間だったよ。やっと、ああ今私の高校生活キラキラしてるー！って」

「だったら、これからも……」

続ければいい。

今までは全然だめだったのだとしても、これから変わればいい。

勉強なら俺が教える。バカでも点がとれる勉強法なら、よく知っている。俺はずっと、そうやって取り繕ってきたのだから。

メイクもまだ、全然基礎的なところしかできていない。認めるのはなんとなく癪《しゃく》だったけれど、鹿島たちがさわいでいたように、みのりはけっこう、かわいいのだ。だからこれからメイクも髪型ももっと研究して、彼女にいちばん似合うものを見つけて、そうすればきっと女子たちのみのりに対する目も変わるし、友達だってできるかもしれない。

そうすれば、そうすれば——。

「だからね、もう、充分」

打ち切るように告げた彼女の背後で、木々が風に吹かれて揺れていた。木の葉がこすれ、音を立てる。

「高校に来たいちばんの目的も、ちゃんと果たせたし」

声は、それ以上喉を通らなかった。

凍りついたみたいに、指先ひとつ動かなかった。

「……恋が、できたから。晴くんのおかげで」

語尾が震える。「だから」同時に、明るく笑っていた彼女の表情が、ぐしゃりと崩れた。

「もう、いいんだ。ありがとう」

目を細めた彼女の頬を、涙が伝った。

「ほんとにね、好きだったよ。……ばいばい」

わけが、わからなかった。

なにひとりで完結しているのだろう。

ろくな説明もせず、なに立ち去ろうとしているのだろう。

思うのに、引き止めて問い詰めたいのに、なぜだか俺は動けなかった。

バカみたいに座り込んだまま、走り去る彼女の背中を見つめていた。

過去形だった彼女の言葉に、息が止まって。立ち上がることすらできずに、ただずっと、見えなくなるまで。


本当に、みのりはいなくなった。

授業はサボるにしても朝だけはしっかり登校していたのに、その日以降、彼女は登校すらしなくなった。

斜め前の席からは、丸まった彼女の背中どころか、主はいなくともいつも机に掛かっていたカーキ色の鞄すら、消えた。

会えなくなって初めて、俺は彼女の連絡先すら知らなかったことに気づいた。

思えば今まで一度も、交換する必要性を感じたことがなかった。同じクラスなのだし、どうせ毎日学校で会えるし、なんて思って。

他のクラスメイトたちも誰ひとり、彼女の連絡先なんて知らないようだった。

みのりがいなくなったことに対して、「なんかあったのかな」とか誰かが心配そうに口にすることもあったけれど、そのたび皆いちように首を傾げて、同じ言葉を繰り返すばかりだった。

……訊いておけば、よかった。

何度見てもみのりの名前なんてない連絡先のページを、それでも意味もなく上から下まで眺めながら、ぼんやり思う。以前確認したときと変わらず、クラスのグループラインにも彼女はいなかった。

どうして考えなかったのだろう。連絡先なんて、いつもちょっと仲良くなれば即座に交換していたのに。ほとんど理由もなく、慣例みたいに。そのせいで俺のスマホには、今まで一度も連絡をとったことのない相手の連絡先まで、ずらりと並んでいる。

だけどその中に、唯一連絡をとりたいと思う彼女の名前だけがない。

どうしてみのりに対しては、訊こうとすら思わなかったのだろう。必要ないと、思ってしまったのだろう。

……学校に来れば、毎日会えると思ったから。

それだけじゃない。

そうまでして必死につなぎ止めておかなくても、大丈夫だと思ったのだ。

みのりだから。

他に頼るような友達もいない、誰からもあきれられている、そんな彼女だったから。

きっと俺から離れていくことはないと、勝手に思い込んでいた。

ノートを貸してもらえなくなるのも、メイクをしてもらえなくなるのも困るだろうし。だから話したいことがあれば、学校で会ったときに話せばいい。俺との約束を無下にして、彼女があの空き教室を訪れないことなんて、あるわけがないのだから。学校に来さえすれば、間違いなく彼女には会えるし、話せるのだと。

——そう、思い上がっていた。ずっと。

今はもうわからなかった。みのりのいない学校で、俺はなにをすればいいのだろう。授業を真面目に受けて、完璧にノートをとっても。それをもう、みのりに見せる必要がないのなら。放課後、あの空き教室に行く必要がないなら。なんのために学校に来ているのだろう。

あんなに好きだったメイク動画も、ぱたりと観ることはなくなった。ネットやドラッグストアでメイク用品を眺めるのも。どれだけきれいな色のアイシャドウやリップを見つけても、まったく心が動かなくなった。

みのりに使えないのなら、なんの魅力も感じなかった。

「久世、ほんとどうしたんだろうなー」

授業中、プリントを回すために後ろを向いたところで、鹿島がぼそっと呟いた。

空っぽの斜め前の席を眺めながら、

「もう三日目じゃん。あんなことがあったあとだし、なんか気になるよな」

そう言った鹿島の声色は、純粋に心配そうだった。

みのりの不在について口にする他のクラスメイトたちも、皆そうだった。

みのりがいなくなる直前の、〝あんなこと〟について責め立てることなどなく、ただみのりが登校しなくなったことを心配していた。まあ、大半のクラスメイトにとってはなんの関係もない他人事で、怒る理由もないからだろうけれど。

「……そうだね」

俺は曖昧な相槌だけ打って、なにげなく廊下側のほうへ視線を飛ばす。

そこでふと、宇佐美と目が合った。

すぐに、はっとしたように宇佐美のほうから逸らされたけれど。

あれ以来、宇佐美とは話していない。

何度か話さなければとは思ったのだけれど、いつも鈴原たちががっちり宇佐美の周りを囲んでいて、なかなか近づけずにいる。

……実際のところはただ面倒で、逃げていただけかもしれないけれど。

それからみのりが登校してくることは一日もなく、一週間経ったある日。

朝のホームルームで、担任の先生がみのりの退学を告げた。

くわしい理由についてはなにも説明はなかった。一身上の都合、としか。

それを聞いたとき、つかの間視界が揺れて、周りの喧噪《けんそう》が遠ざかった。

胸の奥がひび割れて、ゆっくりと爪先まで広がっていくような感覚がした。

「先生」

訊いたところで、教えてもらえるわけがないのはわかっていた。それでもホームルームが終わり、教室を出ていく先生の背中を見たとき、気づけば俺は立ち上がっていた。

廊下に出たところで、先生を呼び止めると、

「退学って、なんでですか」

一瞬、先生はひどく困ったような、そして悲しそうな顔をした。

それにまた、指先から熱が引く。

俺はぎゅっと拳を握りしめると、息苦しい喉から声を押し出すように、

「みのり、なんかの病気だったんですか？　先生は知ってたんですか？　だからいつも、授業中寝てても許してたんですか？　あの日も、わざわざみのりを保健室に連れていくように言ったのは」

「ごめんね」

さえぎるように返された声は、なんだか小さな子どもに言い聞かせるような調子だった。

「退学の理由については、私からは教えられません」

だけどぴしゃりと告げられたその答えが、なにを言おうと揺るがないことだけは、はっきりとわかった。

教室に戻ると、まだクラスメイトたちはざわついていた。久世、退学、というワードがそこここから聞こえる。だけどくわしい内容までは、全然耳に入ってこなかった。

俺は自分の席に向かうと、机に掛けていた鞄を取る。そうしてそれを肩に掛け、また歩きだそうとしたところで、

「え、なに成田、帰んの？」

鹿島が不思議そうに訊いてきて、「うん」と俺は短く返した。

そうして喧噪を抜け、教室を出ていこうとしたとき。

ふと、思い直して足を止めた。後ろを振り返る。

自分の席に座る宇佐美のほうへ目をやると、彼女もこちらを見ていて、目が合った。

途端、あわてたように顔を伏せた宇佐美のもとへ、俺は早足で歩いていく。

「宇佐美」

呼ぶと、へっ、と宇佐美はすっとんきょうな声を立てながら顔を上げた。思いがけない出来事だったのか、驚いたようにまばたきをする彼女に、

「ごめん」

「え」

「クッキー、俺が捨てた。みのりじゃなくて。ほんとにごめん」

一息に告げて、頭を下げる。できるだけ深く。

辺りの喧噪が少し静まったような気もしたけれど、気にしなかった。その姿勢のまま、しばし床の木目をじっと見つめていたら、

「え、あ……うん、知ってたけど」

戸惑ったような宇佐美の声が、後頭部に降ってきた。

それから、「顔上げてよ」と困ったように続く。

言われるまま顔を上げると、宇佐美は声と同じ困ったような表情で俺を見て、

「そりゃ、わかるでしょ」

目が合うと、その顔がぐしゃっと歪んだ。笑顔を作ろうとして失敗したみたいに。

「あんなの嘘だってことぐらい。久世さん、あんなことするキャラじゃないし。いや、ほとんど話したことないんだけどさ、それぐらいわかるっていうか、それにあた

し……ちゃんと、捨てられる心当たりならあったし」

宇佐美の語尾がかすかに震えて、「いや」と俺は思わず声を上げかけたけれど、

「ごめん。あたし、嫉妬してた。久世さんに。だから嫌なこと言っちゃった。成田くんと急に仲良くなってたし、最近男子たちもちょっと騒いでるぐらい、かわいくなってたし。それで」

苦いものを吐き出すみたいに、宇佐美が早口に続ける。

そこで言葉に詰まったように宇佐美が口をつぐんだので、「いや」と俺はあらためて口を挟んだ。

「それでも、もらったもの捨てるとか最悪だった。陰湿だし。本当にごめん」

「ううん……あ、いや、うん……まあたしかに、ひっど！とは思ったけど」

「うん。殴っていいよ、思いっきり」

「や、いいです。あれ、殴るほうの手も痛いんだよ。もう成田くんに対してそこまでの情熱ないし」

即答してから、宇佐美はふっと唇の端から息を漏らすようにして笑う。

「あのね」そうして上目遣いにこちらを見ながら、悪戯っぽい口調で続けると、

「あのクッキー、みんなに作ったわけじゃないよ。成田くんのために作ったんだよ」

「うん」

「お菓子作りもべつに趣味じゃないし。ただ女の子らしいところアピールしたくて、レシピ本見ながら、めちゃくちゃ頑張って作ったんだよ」

「うん、マジでごめん」

「許さないよ。だからあたし、もう成田くんには幻滅しました。マジさいてー、なにこの冷血男って感じです」

内容とは対照的に、宇佐美の表情はひどく穏やかで、清々しさすら感じるような笑顔だった。

不思議だった。なんだか今初めて、俺はちゃんと、宇佐美と目を合わせた気がした。

「ごめんなさい。ほんとに」

「もういいってば」

それ以外に言えることがなくて繰り返していると、宇佐美は困ったように顔の前で手を振る。

それからちょっと悪戯っぽく首を傾げて、

「そうだな、今度なにか奢ってくれたらそれでいいよ」

「え、そこは要求するんだ」

「当たり前でしょ。あたしめちゃくちゃ傷ついたんだから」

「いつもノート貸してるのに。てかあのクッキー、そのお礼って言ってなかったっけ」

「それはそれです」

言い切った宇佐美の笑顔が明るくて、つられて俺も少し笑ってしまったとき、

「――あれ？」

ふと宇佐美がなにか気づいたように、俺の顔を指さした。

「それ、どうしたの？」

「それ？」

「おでこのところ。怪我したの？」

言われて、ようやく気づいた。ああ、と呟きながら宇佐美が指さしたそこに手をやる。そうしてほとんど癖のように前髪でそこを隠そうとして、――やめた。

もういいや、と思った。

代わりに、宇佐美に見えるよう前髪を軽く掻き上げて、

「怪我じゃないよ。生まれたときからあるんだ、痣」

「え、そうなの？　ずっとあったっけ。全然気づかなかった」

「いつもは隠してるから。コンシーラーで」

「へ、コンシーラー？」

「うん。今日は忘れてた」

本当に。

今この瞬間まで、気づきもしなかった。

そして気づいたあとも、もう、どうでもいいことだと思った。心底、取るに足りないことだと。


みのりの家の場所なら、ちゃんと覚えていた。

高校から歩いて十五分ほどのところにある、二階建ての白い家。三週間ほど前、みのりといっしょに歩いた記憶を頼りにたどり着いたその家の前で、足を止める。

少しも迷わなかった。そんな余裕もなかった。全身を満たす息苦しい焦燥と後悔に押されるまま、俺は玄関へ向かい、インターホンを押した。

徒歩で通える距離の高校に通っているのは、電車やバスで寝てしまいそうだから。あの日、みのりはそう言っていた。

だけど、本当にそうだったのだろうか。ふらついたみのりの、青白い顔を思い出す。考えだすと、これまで感じたさまざまな違和感が、すべてひとつにつながっていく。

授業中に寝てばかりいたのも、しょっちゅうサボっていたのも、そしてそれを先生たちが皆黙認してたのも。体育の授業やクラスの行事に一切参加しなかったのも。奇妙なほどはっきりと、彼女が進級をあきらめていたのも。

「はーい？」

こちらへ歩いてくる足音がして、少しして、そんな声と共にドアが開いた。

立っていたのは、紺色のワンピースを着たショートボブの女性だった。

みのりの母親だというのは、すぐにわかった。顔立ちもだけれど、全体的にまとっている雰囲気が、みのりとよく似ていたから。

「こんにちは」途端に俺はちょっと緊張して、ぎこちなく挨拶すると、

「突然来てすみません、俺、みのりさんと同じクラスで」

早口に言いかけたところで、「あれっ」と彼女が声を上げた。なにかに気づいたみたいに、少し目を見開く。

「もしかして、〝晴くん〟？」

「へ」

「成田晴くん、じゃない？　あ、ごめん違ったかな？」

「え、あ、違いません。そうです」

思いがけず出てきた自分の名前に、咄嗟に反応が追いつかなかった。あわてて頷けば、彼女はぱっと笑顔になって、「やっぱりー！」と声を上げる。

うれしそうなその反応と、『やっぱり』の意味がわからず困惑していると、

「あ、ごめんね。みのりがよく、あなたの話してたから。初めてできた友達だって」

笑顔のまま、彼女がちょっと興奮気味に続ける。それから思い出したように、

「あっ私、みのりの母です」と早口に付け加えた。

俺は曖昧に相槌を打った。なんと返せばいいのかよくわからなかった。そんな俺を、

「とりあえず入ってー」とみのりの母がうれしそうに招き入れてくれる。

「お、お邪魔します」

なんとなくおどおどしながら入った家の中は、静かだった。

通された先のリビングで、思わずみのりの姿を探してしまったけれど、見あたらない。

「あの、みのりさんは……」

「今、ちょっと部屋で寝てるの。ごめんね」

お茶を持ってきてくれたみのりの母に訊ねると、困ったようにそんな返事が返された。

それから彼女は俺の斜め前のソファに座ると、

「そういえば晴くん、今授業中じゃないの？　大丈夫？」

「あ、今日は一日自習なので、大丈夫です」

心配そうに向けられた質問には、咄嗟に嘘をついていた。だいぶ無理のある嘘だとは思ったけれど、それについてなにか突っ込まれることはなかった。みのりの母はた

だ少し困ったように、「ごめんね」と微笑んでから、

「ありがとうね。わざわざ来てくれて」

なんとなく俺がやって来た理由を察しているように、穏やかな声でそう言った。

俺はまたなんと返せばいいのかわからず、曖昧に首を振ってから、

「すみません、急に。……退学するって聞いて、なんか、つい」

本当に、つい、だった。

いてもたってもいられなくなってしまった。

今会いにいかなければ、もう一生、みのりに会えないような気がした。

――そしてそれは、ぜったいに嫌だと。

「晴くん、みのりにお化粧してくれてたんでしょう」

「え？　あ、はい……すみません」

勝手に人様の娘の顔をキャンバスみたいに使って。

みのりの母を前にした途端、急にそんな申し訳なさが湧いてきて思わず謝ると、

「なんで謝るの。あの子がしてってって頼んだんでしょ？　みのり喜んでたよ。すごくかわいくなれたって。私もお化粧した顔見たけど、ほんとにかわいくてびっくりした。

晴くん、上手ね」

「……本当ですか」

「うん。上手だった。私もしてほしくなったぐらい」

そう言ってくれたみのりの母の声には本当に実感がこもっていて、ちょっと鼻の奥がつんとした。

胸の奥がぽかぽかして、思わずゆるみそうになった口元を隠すように下を向いたとき、

「ほんとにありがとうね。最後に、いい思い出作ってくれて」

みのりの母が続けた言葉に、ぎゅっと心臓を握られたような感覚がした。

「あの」膝の上に置いた自分の拳を見つめながら、強張った声を押し出す。

「なんで……退学、するんですか」

速く硬い鼓動が、耳元で鳴っていた。

訊いておきながら、俺は一瞬、その答えを聞きたくないと思った。

けれどみのりの母の落ち着いた声は、なにもごまかす隙もなくくっきりと、耳に届いた。

「あの子ね、病気なのよ」

充分すぎるほど、予想はついていた答えだった。

それでもつかの間、視界が揺れた。握りしめた拳に、力がこもる。

「病気って、どういう……」

「寝ちゃう病気」

「……へ？」

思わず、場違いに間抜けな声がこぼれた。同時に、強張っていた身体からふっと力が抜ける。

けれど視線を上げた先にあったみのりの母の表情は、真剣だった。

「寝ちゃうのよ、ずっと。夜だけじゃなく日中も。今はまだ起きてる時間もけっこうあるけど、それもだんだん少なくなって、いつかは目が覚めなくなる。そういう、病気」

俺は黙って彼女の顔を見つめた。

しばし、理解が追いつかなかった。

まばたきをした拍子に、自分の席で眠るみのりの丸まった背中が、瞼の裏に弾けた。

——目が、覚めなくなる？

なんだ、それ。

そんなの、

「どうにかして、起こせば、いいんじゃ……」

「起こせないのよ。実際、昔はもっと起きてたの。なんとか日中はちゃんと起きていられた。でもそれも、だんだん無理になってきて、最近は朝もなかなか起きられなくなってきた。それでもう、高校に通いつづけるのも無理かなって話になって」

淡々と告げられる母親の言葉に、視界の揺れがひどくなる。

心臓に、冷たい水を流し込まれているみたいだった。

起こせない。みのりの母が迷いなくそう言い切ったことの意味が、時間差で染み入ってくる。

どうにかして起こせば、なんて。そんなこと、この人のほうがずっと、きっともう何年も、考えつづけてきたに決まっている。そのうえで今持っている結論がこれで、だからみのりは今日、高校を辞めた。

「……治らない、んですか」

「今のところ、治療法は見つかっていないそうなの」

「でもいつかは、見つかるかもしれないですよね」

いやに重たく響いた母親の声を打ち消すよう、俺はできるだけ軽い口調で返してみる。

そうだ、なんてことはない、と自分に言い聞かせるように。

みのりの目が覚めなくなって、しばらく話せなくなったとしても。いつか目を覚ます日が来るまで、待っていればいい。今は方法がないのなら仕方がない。長く、つらい時間になるかもしれないけれど、信じて待つしかないのなら、今はただ、

「それまでは、待つしかないってことですよね」

「そうね」

言いながら、俺は笑顔を作ろうとしたのだけれど、うまくいかなかった。

目が合った母親の表情に、息が詰まって。

そこにあったのは、ひどく不格好な笑顔だった。

最後に見たみのりの笑顔と、よく似ていた。今にも泣きだしそうなのを、必死にこらえるような。

「間に合えば、いいんだけどね」

こぼれ落ちるように、みのりの母が呟く。

え、と強張った声で聞き返せば、彼女はまっすぐに俺の目を見て、

「もし完全に目が覚めなくなったら、そのあとはゆるやかに脳の機能が働かなくなっていくんですって。そうなるとやがて、呼吸も、心臓を動かすこともできなくなるの。だからもし目が覚めなくなったら、そのあとは……」

続きを口にするのをためらうように、母親はそこで言葉を切った。

俺はただ黙って、そんな彼女の顔を見ていた。

なにを言えばいいのかわからなかった。頭の中が真っ暗で、しばらくものを考えられなかった。

呼吸の仕方すら一瞬忘れて、吸い込み損ねた息が喉で音を立てる。

みのりの母も、しばらくなにも言わなかった。俺の理解が追いつくのを、待ってくれているみたいに。

「……あと」

どれぐらい時間が経ったのか、よくわからなかった。

沈黙のあとでようやくこぼれた声は、ひどく情けない感じに掠れた。

「あと、みのりは、どれぐらい」

──生きていられるんですか。

そう訊ねようとして、自分の口にしかけた言葉の響きにぞっとした。

「……起きて、いられるんですか」

代わりに向けた質問に、みのりの母はちょっと困ったように眉を寄せて、

「それがね、よくわからないの。めずらしい病気で、あまり症例もないらしくて。ただ、ここ数ヶ月の病気の進行状況を考えると、お医者さんの話では」

そのとき俺はなぜか、みのりの母の肩越しに見える、壁に掛けられたみのりの写真を見ていた。

一面に敷き詰められたイチョウの葉っぱの上、埋もれるように座って、こちらへ満面の笑みを向けている、五歳ぐらいのみのりを。

その無邪気な笑顔は今のみのりと不思議なほど変わらなくて、なんだかわけがわからなくなる。

「来年の春を迎えるのは、たぶん……」

視界の揺れがひどくて、吐き気がした。

心底、わけがわからない話だと思った。


カーテンを透かして差し込む光が、みのりの寝顔を照らしている。

そろそろ起きると思うから、と母親に通してもらったみのりの部屋。カラフルな水玉模様の布団の中で、彼女はぐっすりと眠っていた。

少しも苦しそうな様子なんてない。日差しに照らされているおかげか、顔色も青白くない。病人なんて言われてもまったくピンとこない、健やかそのものといった寝顔だった。

──いつかこのまま、目が覚めなくなる。

あらためて、わけがわからない話だと思った。まったく現実味のない、おとぎ話みたいだった。

混乱が降り積もっていく中、みのりの寝顔をぼんやりと眺める。

するとふいに、真っ黒な不安がこみ上げた。あまりにも彼女が、静かに寝ているから。思わず手を伸ばし、みのりの口元にかざす。そうしてそこに触れた寝息に、心底安堵して息を吐いたときだった。

みのりが、小さく身じろぎをした。

「みのり」

はっとして呼びかければ、自分でもちょっと驚くほど大きな声が出た。

声に反応するように、彼女は首を軽く左右に動かす。それからゆっくりと瞼を開いた。ぼんやりとした双眸が俺を捉える。

途端、ぱっと驚いたようにその目が開いた。

「……え、え？　は……晴くん？」

わけがわからないといった顔で、みのりは目を瞬かせる。そうして混乱した様子で辺りに視線を走らせると、

「え、な、なんで？　なんで晴くんがいるの？　え、ここ私の部屋？　私の部屋だよね？」

「そうだよ、みのりの部屋。俺がみのりのお母さんに頼んで入れてもらった。急にごめん」

あわてるみのりの反応に、なぜか俺もちょっとあわてて早口で謝る。

みのりはあたふたと身体を起こすと、動転した様子で髪を撫でつけながら、

「えっ、て、ていうか晴くん、なんで私の家知ってるの!?」

「なんでって、前一回来たじゃん。みのりといっしょに」

「あっ、そういえば！　え、でも一回だけだよね？　それで道覚えてたってこと!?」

「そりゃ覚えるだろ。一回来れば」

目を丸くして聞き返してくるみのりに、なにをびっくりしているのだろうと怪訝に思いながら頷けば、

「いや私は無理だよ！　一回通っただけで道覚えるとか！　すごいね晴くん！　さすが頭良いなあ！」

思わぬところに全力で食いつかれて、一瞬ぽかんとした。

軽くこちらへ身を乗り出し、キラキラとした目で俺を見つめるみのりの顔を、思わずじっと見つめ返す。

あの日と同じ目だった。放課後の空き教室で、誰にも言えずにいた俺の〝好きなもの〟を、彼女が迷いなく認めて、称賛してくれたとき。あの日の彼女のまっすぐな肯定が本当にうれしくて、本当に、――救われた。

こみ上げた既視感に息が詰まって、目を伏せる。

「……みのり」

「うん？」

「あの日、さ」

口を開くと声が震えそうになって、いったん言葉を切った。伏せた瞼の裏が、ぼんやりと熱くなる。

振り払うように息を吐いて、目線を上げると、

「写真、撮ってただろ」

「へ、写真?」

「俺の写真」

投げつけるように向けた言葉に、みのりは一瞬きょとんとしてから、

「え? あ……き、気づいてたの?」

すぐに思い当たったように、バツが悪そうな表情になった。おどおどと視線を泳がせる彼女に、俺はひとつ息を吐いて、

「そりゃ気づくだろ、あんなの。隠し撮り下手すぎだし」

「え、え、うそ、全然気づかれてないと思ってた。いつも晴くん、全然私のほうなんて見なかったし、できるだけ遠くから撮るように気をつけてたし、体育のときだって……」

愕然として呟くみのりの言葉に、今度は俺がきょとんとした。

「……〝いつも〟? 〝体育のとき〟?」

彼女の言葉の一部を拾って繰り返しながら、まさか、と思う。

「なに、写真撮ってたのって、あの日だけじゃなかったの？」

「え、あの日っていつ？」

不思議そうに聞き返されたことが答えだった。

墓穴を掘ったことに気づく様子もなく、ぱちぱちとまばたきをするみのりに、「マジか」と俺はさすがにちょっとあきれて呟いてから、

「……何枚ぐらい撮ってんの？」

「え、うーんと、何枚ぐらいかな……数えてないからちょっとわかんない」

「わかんないぐらい撮ってんの？」

「チャンスがあればひたすら撮ってたから……」

あはは、とごまかすように笑うみのりの顔を、俺は眉を寄せて見つめた。

「なんで、そんなこと」

「会えなくなったときのために」

ぽろっとこぼれた疑問に、返ってきた答えは明快だった。

「ほら、高校退学したら晴くんにも会えなくなるし、思い出に浸れる品がなにか欲しくて。寝る前に晴くんの写真とか見てたら、晴くんが夢に出てきてくれるかもしれないし」

恥ずかしげもなくそんなことを白状するみのりの顔を、俺はしばし無言で見つめた。わからなかった。なにを言えばいいのか。どんな顔をすればいいのか。そもそも、なにを思えばいいのかすら。

ただ、喉をぎゅっとつかまれたみたいに息苦しくなって、眉をしかめる。

そうして息を吸おうと開いた口からは、低い声がこぼれ落ちていた。

「……消せよ」

「え？」

「盗撮した俺の写真。ぜんぶ」

みのりは不意を打たれたように一瞬固まってから、さっと表情を引きつらせた。

「あ、う、うん……」顔を伏せ、もごもごと頷く。そうして困ったような笑顔で、意味もなく前髪を撫でつけながら、

「そうだね、ごめんね。引くよね、これはさすがに」

「そうじゃなくて、そんなの必要ないから」

「え」

「会えなくなったときのため、とか」

なにを言われたのかわからなかったように、みのりが顔を上げる。きょとんとした表情で俺を見つめる。その目を見つめ返したとき、ふいに思い出した。

一世一代の告白を断られたと思った、あの日。みのりの返した答えを身勝手だと、勝手に腹を立てて、ふて腐れていたけれど。

違った。あんなの、告白でもなんでもなかった。俺はなにひとつ、伝えてなんかいなかった。どこまでも回りくどくて、自分の気持ちを口にすることすら避けて。取り繕ってばかりの、中途半端でダサい、これまでの俺自身みたいに。

「会えなくなんか、ならない。これから毎日、俺はみのりに会いにくる」

──いつもみのりがまっすぐに、俺へ気持ちをぶつけてくれたみたいに。

俺は一度だって、彼女に、伝えたことがなかった。

「え……？　なに言って」

「だめだったんだよ。みのりが学校来なくなってから。勉強にも全然身が入らないし、やり残した約束のことずっと考えてモヤモヤするし。みのりにメイクができないと思ったら、動画観るのもメイク用品眺めるのも全然楽しくなくなったし。みのりのせいで」

いっきにまくし立てると、みのりは心底戸惑った顔で眉を寄せた。

え、と声を漏らした彼女がなにか口を挟みかけたのも許さず、さらに続ける。

「みのりのせいで、気づいたのに。俺が好きで好きで、ずっとやりたくてたまらなかったこと。やりたいこともめちゃくちゃ見つかって、もう、やりたくてたまらなくなってんのに。ここでみのりがいなくなったらできないじゃん。困るんだよ。やり残したままじゃ、たぶんこれからずっと勉強に身が入らないし」

「え、なに？　やりたいことって……」

「メイク。みのりの顔に」

後半部分が大事だったので力を込めて告げれば、彼女はよりいっそう戸惑った顔で、

「メイクならべつに、私じゃなくても……晴くんほんとに上手だし、他にもやってほしい子いるよ、きっと」

「みのりに、したいんだよ」

他の子にしたって意味がない。みのりでないと、なんの意味もない。

だって、俺は、

「好きだ」

「へ」

「俺は、みのりが好きだ」

言葉を選んでいる余裕も、表情を作る余裕もなかった。どんなに不格好だろうと拙《つたな》かろうと、もうどうでもよかった。今はただ、時間が一秒だって惜しかった。

みのりが俺の目を見て俺の声を聞いてくれている、今のうちに。伝えたい気持ちをぜんぶ伝えておきたくて、ただ、それだけに必死だった。

「だからこれからも、俺はみのりに会いたい。会いにきたい。そうしないと、俺が耐えられそうにないから、だから、……会いにきて、いいですか」

みのりは息を止めるように黙って、じっと俺の顔を見つめていた。

しばらくして、彼女の顔がくしゃりと歪む。張り詰めていた糸が切れたみたいに。

「……うん」

笑顔なのか泣き顔なのか、よくわからなかった。ただ途方に暮れた子どもみたいな、ひどく幼い顔だった。頬や目元がゆっくりと上気する。そうして唇を震わせた彼女は、

「会いに、きてください」

くしゃくしゃな顔で、絞り出すようにそう言った。

第四章　眠りにつくまで

それから、みのりの家に通う日々が始まった。

学校が終わるとすぐに、みのりの家へ向かう。出迎えてくれるのは毎回みのりの母で、彼女がみのりの部屋へ通してくれる。みのりはそこで寝ていて、俺は彼女が起きるまで待たせてもらう。

待っているあいだするのは、メイク動画を観て、今日みのりに施す予定のメイクを確認すること。

だいたい三十分から一時間ほど待っていれば、みのりは目を覚ました。

「今日さ、ちょっと外行かない？」

おはよう、と夕暮れ時に不釣り合いな挨拶を交わしたあとで、俺はみのりにそんな提案をする。

いつもはそのままこの部屋でメイクを始めていたから、みのりはちょっと面食らったようにまばたきをして、

「へ、外ってどこに？」

「そこの公園」

みのりの家へ向かう道中、たまたま目に留まった場所だった。滑り台に鉄棒、あとはベンチが置かれただけの小さな児童公園が、みのりの家のすぐ側にあった。

「せっかく良い天気だし、まだ空も明るいし。部屋にこもってるより、たまには外に

出たほうがいいんじゃないの」

なんて言って、俺は少しだけ迷うような顔をしたみのりを、多少強引に外へ連れ出した。

そうしてやってきた児童公園で、みのりをベンチに座らせる。俺はその隣に座って、鞄からメイク道具を取り出していく。睫毛を上げるためのビューラー、ペンシル型のアイライナー、そして少しだけ迷ったあとで手に取った、赤のアイシャドウ。

「今日は何色？」

「赤」

「へえー、楽しみ！」

みのりの顔をこちらへ向けてもらい、俺も身体ごと彼女のほうを向く。真正面から向き合った彼女の顔に、そっと手を伸ばす。何度目だろうと、触れる一瞬、心地よい緊張に指先が強張った。

「ね、そういえば晴くんの誕生日っていつ？」

目を瞑ったみのりの睫毛を上げていたところで、ふいに彼女が訊いてきた。

以前はがちがちに緊張した様子で固まっていたのに、最近は慣れてきたのか、メイク中だろうとみのりは雑談を振ってくるようになった。

間近で聞こえる声とかすかに触れる吐息が、正直こちらとしては心臓に悪いのだけ

れど、

「三月十七日」

「そっかー」

こうしていっしょにいられる時間が短くなった今は、無言で過ごす時間がなんだかもったいない気がして、メイク中も話すことにした。

目を瞑ったまま俺の返答に相槌を打ったみのりは、

「三月かあ、けっこう先だねえ」

「……まあ」

ぽつんと呟かれた言葉に妙に切実な色がにじんでいた気がして、少し胸が軋《きし》んだ。

「でも」と思わず俺は早口に語を継ぐ。

「べつに、どうでもいいだろ」

「え？」

「誕生日なんて。この歳になったらたいしてめでたくもないし」

「この歳って、まだ十六でしょー。全然めでたいよ。や、そもそも誕生日は何歳になってもめでたいし」

俺の言葉におかしそうに笑ってから、「あっ」と思い出したようにみのりは声を上げる。

「じゃあ誕生日プレゼント、なにがいい？」

「……は？」

当然のように向けられたその問いに、思わず間抜けな声がこぼれた。

誕生日を聞いたあとの流れとしては、ごく自然な質問なのだろうけれど。

彼女があまりに何のためらいもなくその質問を続けたことに、一瞬手が止まってしまった。

考えないようにしようと思っても、常に頭の隅をちらついている。あの日みのりの母が口にした、みのりに残された時間について。

「そりゃ、私もプレゼントぐらいあげるよー。いつもこんなにお世話になってるんだし！」

俺が固まったことに対してなにを思ったのか、みのりは少しむくれてそんな言葉を続ける。

それでも俺が答えずにいたら、みのりはぱっと目を開けた。

至近距離で、真正面から目が合う。

「なんでもいいよ。いつもメイクしてもらってるお礼も込めて、誕生日ぐらいは盛大に祝ってあげよう！」

もしかして、みのりは知らないのだろうか。

なんの憂いも見えない、彼女の明るい笑顔を眺めながら、ふとそんなことを思う。

自分に残された時間のこと。母親や医者からは、なにも聞かされていないのかもしれない。考えてみれば、そのほうが合点《がてん》がいく。自分が起きていられる時間が残りわずかだなんて、知らされたらきっと耐えられないから。

こみ上げた息苦しさに、ビューラーを握る指先がかすかに震える。悟られないよう、俺は手を下ろすと、

「……じゃあ」

「うん!」

「なんでもいいから、メイク用品」

「へ?」

俺の答えに、みのりがきょとんとした声を上げる。

「メイク用品?」

「うん。みのりに似合いそうなやつ」

付け加えると、みのりは戸惑った顔になって、

「それじゃあ晴くんへのプレゼントにならないじゃん。けっきょく、私のためのものだし」

「なるよ。俺のためのものだし」

「なんで。私に使うんでしょ？」

「俺がみのりに使いたいから使うんだよ。だから俺のためのもの」

最初にそろえたメイク用品だって、ぜんぶそうだった。みのりはずいぶん恐縮していたけれど、べつにみのりのために買ったわけではない。ただ俺が、俺のために買ったものだった。

だけどみのりは、どうにも納得がいかない様子で、

「それより、もっとさ、晴くんが使うもので、なんかないの？」

「メイク用品だって俺が使うものじゃん」

「そうだけどさ、なんか違うんだよ。もっとこう、晴くんのためのものをあげたいっていうか。晴くんがいちばん欲しいものを」

「いちばん欲しいものが、それだよ」

本心だった。それ以外のものなんて、なにも思いつかなかった。それを使って、みのりの顔にメイクをする。そんな未来以上に、欲しいものなんて。

「本当に、それでいいの？」

「うん。ちゃんと、みのりに似合うやつにしてよ。みのりに使うんだから」

「えー、難しいなあ。私、晴くんみたいにセンスないし……」

ぼそぼそと呟きながら考え込んでしまったみのりの顔に、再度手を伸ばす。

触れようとしたら、指先がかすかに震えた。

きっと、みのりも気づいたのだろう。一瞬だけ、みのりが俺の顔を見た。けれど彼女はなにも言わなかった。ただ「お願いします」と微笑んで、また目を瞑った。


一時間ほどふたりで過ごしたら、空が暗くなる前に別れるようにしている。名残惜しくはあるけれど、貴重なみのりの時間を、あまり俺だけが独占するのはさすがに憚られた。

今、みのりが起きているのは、朝の二時間ほどと、夕方から夜にかけての四時間ほど。計六時間だけらしい。

そしてその時間も、日に日にじわじわと短くなっている。

帰宅したあとは、明日みのりに施すメイクについて考えるのが日課になった。スマホで動画を観たり、美容系のサイトを観たり。

その日も、次は紫を使ってみたいな、なんて考えながらやり方を検索していたら、ラインの通知が届いた。クラスの友人からだった。

《今日の数学のノートとり損ねたから、明日貸してくんない？》

《いいよ》と軽く返信しかけて、ふと気づく。鞄から数学のノートを引っ張り出して中を見てみると、やはり最新のページはなんとも中途半端なところで終わっていた。

打ちかけた文字を消し、《ごめん》と返信する。《俺も、とり損ねてる》


「明日はさ、もっと遠くに行かない？」

翌日も、俺はみのりを公園へ連れ出した。

彼女の瞼にアイシャドウをのせながらそんな提案をしてみると、え、とあからさまに気乗りしない声が返ってくる。

「遠くってどこに？」

「どこでもいいけど。もっと遠くの公園とか、どっかお茶しにいくとか、ああ、またメイク用品をいっしょに見にいくのもいいかも。みのりが使ってみたい色とか」

精一杯みのりが気に入りそうな提案を並べたつもりだったけれど、彼女の反応は芳しくなかった。

「んー」と困ったような声を漏らす。そうして少しだけ言葉を選ぶような間を置いてから、

「外に行くのは、あんまり……」

「え、なんで」

「なんでって……病気、だし」

「だけど、外に出ちゃいけないような病気じゃないだろ」

もちろん、そのせいで体力がないことや、日中でも強烈な眠気におそわれることは知っている。みのりの母に聞いたあと、自分でもみのりの病気について調べてみた。

だけど安静が必要だとか、外にはできるだけ出ないほうがいいだとか、そんな記述はなかった。現にみのりも、つい最近まで高校に通えていたぐらいなのだから。

「そうだけど、でも私、体力なくてすぐ疲れちゃうし」

「疲れたら休めばいいじゃん」

「そうじゃなくて、その……寝ちゃうんだよ、私」

まるで恥ずかしい秘密を打ち明けるかのように言われたけれど、そんなこと、もうとっくに知っていた。

今更なにを言っているのだろう、と俺はちょっと怪訝に思いながら、

「知ってるよ。眠くなったら寝ればいいじゃん」

「出先で寝ちゃったらどうするの？　私、寝たら本当に起きないんだよ。どんなに晴くんが頼んでも、歩かないんだよ」

「だから知ってるって」

本当に、今更なにを言っているのだろう。

「みのりが寝たときは、俺がおぶって帰ってくるよ」

「へ……」

「俺けっこう体力あるし、みのりひとりぐらい余裕だし。だから」

驚いたように俺を見つめるみのりの目を、俺もまっすぐに見つめ返す。

「心配しなくていいから。行こう。みのりの行きたいところ」

「……ほんとに？」

「うん。だからどこか……あ、そうだ」

再度訊ねかけてふと思い出したのは、以前にみのりと本屋で見た、教会の写真だった。

「あの教会に行こう」

「教会？」

「みのりが行きたいって言ってた、あの教会」

雑誌を見つめていた、みのりのキラキラとした横顔を思い出す。また行きたい、とひどく切実なトーンで呟いた、彼女の声も。

思い出したら急に、もうそれ以外考えられなくなった。

「え、でも」とみのりは戸惑ったように、

「あそこ遠いよ。電車に乗らないといけないし」

「じゃあ電車に乗って行こう」

「電車なんて乗ったら、私ぜったい寝ちゃうよ」

「寝てればいいよ。着いたら俺が起こすから」

なんでもないことのように、できるだけ軽い口調で返す。そうすれば本当に、なんでもないことのように思えてきそうだった。

そう、起こせばいいのだ。

自分の口にした言葉を、言い聞かせるように反芻《はんすう》する。

「起きるかなあ、私……」

「起こす。意地でも。覚悟しとけ」

「……うん」

強めに断言すれば、目を伏せたみのりの口元が、ふっとゆるんだ。そうして小さく、

「ありがとう」と呟く。なにに対するお礼なのかはよくわからなかったけれど、訊かなかった。代わりに、「よし、じゃあ」と畳みかける。みのりの迷いを封じ込めるように。

「教会は決定として、他にどこか行きたいところ、考えといて」

「え、私が？」

「そうだよ。俺、メイクの予習とかで忙しいし。こっちはみのりの宿題」

「でも、晴くんはどこか行きたいところとかないの？」

「俺はどこでもいい」

みのりといっしょに行けるなら、とはさすがに続けられなくて、

「……ただ、できるだけたくさん」

「たくさん？」

「うん。たくさん探しといて、行きたいところ。で、ぜんぶ行こう」

自分の口にした言葉に縋《すが》るように、力を込めて重ねる。

「いっしょに、行こう。いろんなところ」

だけどそれは希望を語るというより、なにか途方もないことを祈っているような、そんな響きがした。


明日までに行きたいところを三カ所は見つけておくこと。そんな宿題を出してからみのりとは別れたのだけれど、翌日、彼女からその答えを聞けることはなかった。

夕方、いつものようにみのりの家を訪ねると、いつものようにみのりは寝ていた。

だから俺もいつものように、彼女の部屋で起きるのを待った。

けれど、いつもなら一時間も待てば目を覚ます彼女が、今日は一時間半経っても目

を覚まさない。そうしているうちに空も暗くなってきたので、仕方なく、今日はあきらめて帰ることにした。

一階に下りて、リビングにいたみのりの母にそれを伝えると、

「待って晴くん。じゃあ晩ご飯、食べていってよ。そのうち起きるかもしれないし。起きたときに晴くんがいなかったら、たぶんあの子悲しむし」

たしかに悲しむみのりの顔が想像できたので、図々しくも、そのお言葉に甘えることにした。

そういうわけで、いささか緊張しながら、みのりの母とふたり向かい合って晩ご飯を食べている。みのりの父はまだ仕事とのことで、この場にはいなかった。

「いつもありがとうね」

ご飯を飲み込んだところで、噛みしめるように、みのりの母は何度目かのその言葉を口にした。

「晴くんが来てくれるから、みのり、いつも本当に喜んでて」

「いえ、俺が来たいから来ているだけなので……」

あらためてお礼を言われると照れくさくなって、皿の上の麻婆豆腐に目を落とすと、

「ごめんね。晴くんも勉強とかいろいろ忙しいでしょうに」

「いや、べつに……他にやりたいことも、ないから」

本当だった。みのりに会いにきて、みのりにメイクをして、みのりの笑顔を見て。それ以外に、今やりたいことなんて、ひとつもなかった。思いつかなかった。あれほど必死になっていた定期テストも、今はどうしようもなく、取るに足りないものに思えた。

「でも晴くん、勉強もすごく頑張ってて、頭良いんだってみのりから聞いたよ。ノートもすごくきれいで、成績もいつも上位なんだって」

すごいねえ、と純粋に称賛する声を向けられ、なんだか腹の奥がもぞもぞする。

みのり、母親にそんな話もしてたのか、と思うと気恥ずかしさもこみ上げてきて、

「いや、頭は良くないです。あの、それより」

話題を変えたくて、いくらか唐突に切り出してみる。この人に伝えておかなければと、昨日から考えていたことを。

「この教会、なんですけど」

「あらー、すてき」

スマホで例の教会を検索し、出てきた画像をみのりの母に見せると、彼女からはなんとも呑気な声が上がる。

「ここに、みのりさんといっしょに行きたいと思っています」

だけどそう続ければ、え、と聞き返したみのりの母の表情が曇った。

少し間を置いて、「でも」と困惑気味に口を開く。

「ここS市でしょ？　遠いし、たぶんあの子、途中で……」

「寝たときは、俺がおぶって帰ってきます」

「……本気？」

「はい」

みのりの母は眉を寄せて、困ったように俺の顔を見ていた。充分、予想はできていた反応だった。だから俺はすぐに、「お願いします」と頭を下げる。

「どうしても、行きたいんです。必ず無事に送り届けると、約束しますから」

「いや、でも」みのりの母から返されたのは、どちらかというと俺を気遣うような声だった。

「ぜったい大変でしょ。子どもじゃないんだし、おぶって帰ってくるなんて」

「大丈夫です。体力なら自信あるので」

「……ごめんね、晴くん」

ふいに困ったような顔になったみのりの母が、ぽつんと呟く。心底申し訳なさそうな声だった。

なにを謝られたのかわからず、俺がきょとんとしていると、

「みのりが言ったんでしょ？　ここに行きたいって」

「違います。俺が行きたいんです」

そうだ。みのりは言わなかった。行きたい、なんて一言も。

ただ、俺が、

「みのりといっしょに、ここに行きたいと思ったんです。どうしても」

ぜんぶ俺が、俺の都合でしていることだった。みのりに声をかけたのも、ノートを貸したのも、彼女にメイクをするのも、こうして彼女の家に毎日通うのも、ぜんぶ。

俺が、俺のために、していることだった。

「小さい頃に、ここに行ったことがあるんだって、みのりが言ってて。すごくきれいだったって言うから、俺も行ってみたくなって。それで、どうせ行くならみのりといっしょに行きたいと思って」

「……みのり、覚えてたんだ。ここに行ったこと」

「よく覚えてるみたいでしたよ。教会の雰囲気とか、ステンドグラスに感動したって」

「四歳頃だったと思うんだけどなあ。そっか、覚えてたんだ、あの子」

目を伏せて独り言みたいに呟く母親の口元に、小さく笑みが浮かぶ。

「私たちねえ、この教会で結婚式挙げたんだ。ウン十年前」

「そうなんですか」

「だから、どうしてもみのりを連れていきたくて。まだ小さかったあの子といっしょに行ったんだけど、四歳に教会なんてつまんなかっただろうなって思ってたから」

「感動したって言ってましたよ。雑誌にこの教会が載ってたの、すごい熱心に見てたし」

そっか、と呟いて、みのりの母は俺が向けたスマホの画面に触れた。そこに並ぶ教会の写真を、下から上へスワイプしながら、懐かしそうに目を細める。

そうして少しだけ考え込むように黙ったあとで、

「……いつ行くの？　ここ」

「え？　あ、いや、具体的な日にちはまだ……」

「そう。決まったら教えてね。車出すから」

「え……いいんですか？」

「電車は心配だもん、さすがに」

苦笑してから、みのりの母はおもむろに立ち上がった。いくらか早足で、台所のほうへ歩いていく。そうして冷蔵庫から特に必要のなさそうなマヨネーズを取りだしながら、服の裾で軽く目元を拭うのが見えた。

咄嗟に、見なかった振りをしたけれど。

その後、九時まで待たせてもらったけれど、みのりは目を覚まさなかった。

さすがにこれ以上長居するのは憚られたので、今日はあきらめて帰ることをみのりの母に告げる。

「いつにも増して寝坊助でごめんね」なんて彼女はあっけらかんと笑っていたけれど、その表情はかすかに強張っていた気もした。

ここまで起きないのは、もしかして初めてのことだったのだろうか。

帰りの電車の中で、いつものようにメイクやヘアアレンジの動画を眺めながら、時折節々に不安をにじませていた母親の表情を思い出す。いっしょにいるあいだは気丈に振る舞っていたけれど、彼女の顔に浮かぶ色濃い疲れは隠せていなかった。

……病気が、進行しているのだろうか。

ふいに頭の中に流れ込んできた嫌な想像を振り切るよう、俺は動画の再生ボタンを押す。人気の美容家が、初心者向けに一からメイクのやり方を説明しはじめる。今回は、〝ブルー系アイシャドウの上手な取り入れ方について〟。

だけどいまいち頭に入ってこなくて、ぼんやりと聞き流しながら、メイク用品を入れたポーチを開ける。なんとはなしに取り出していたのは、水色のアイシャドウだった。みのりが真っ先に欲しいと言ったので、いちばん最初に買ったメイク用品。

だけどまだ一度も、彼女に使ったことはなかった。

使い方ならどの色よりも研究しているし、みのりにもしばしば「水色はまだ？」と訊かれるけれど。そのたび俺は、「まだ自信がないから」だとか適当な理由をつけてはぐらかしていた。

いったいいつになれば、その〝自信〟がつくのか、自分でもよくわからなかった。

ただ、今はまだ、彼女にこれを、使いたくなかった。


「晴、最近帰るの遅くない？」

帰宅すると、リビングで待っていた母から低い声が飛んできた。

ダイニングテーブルの上にはラップのかけられたおかずが並んでいて、そこでようやく、俺は家への連絡を忘れていたことに気づく。今の今まで、完全に頭から抜け落ちていた。

「あ……ごめん、今日」

あわてて、みのりの家でごちそうになってきたことを告げようと母のほうを振り返ったとき、

「ねえ晴、これ」

けわしい顔でこちらを見ていた母と目が合った。その手には一枚の紙切れがあり、俺に見えるように顔の高さに掲げられている。

すぐに気づいて、指先から少し熱が引いた。

「今朝ソファのところに落ちてたから拾ったんだけど……どうかしたの、これ」

軽く強張った声で向けられた質問の意味なら、よくわかった。

見覚えのあるその紙切れは、昨日返された英語の小テストだ。点数もまだ覚えている。十点満点中二点という、過去最低点を記録していたから。

さすがの母も、これには黙っておけなかったのだろう。

「……ちょっと、調子悪くて」

歯切れの悪い調子で言い訳をしながら、久しぶりだ、と頭の隅でぼんやり思う。母から成績のことで問い詰められるのも、取り繕うように弁明するのも。

ちょっと体調が悪かったとか、見事にヤマが外れてしまったとか。以前はよく理由を作って並べていた。

そんなことを繰り返しているうちに、いつしか母はなにも言わなくなった。

兄には訊ねる定期テストの成績も、俺には訊かなくなった。

「ねえ、この成績、最近帰りが遅くなったこととなにか関係あるの?」

母は小テストを掲げたまま、ぎゅっと眉を寄せると、

「最近の晴、家で勉強してる様子もないし、ずっとスマホいじってばっかりだし」

向けられる母の声は、低くはあったけれど、特段怒っているふうではなかった。ただ単純に、この急激な成績低下の理由が気になる、というような訊き方だった。

ら。

だ。だって、ハナからなにも期待していないから。もうとっくに、あきらめているか

母には怒る理由なんてないのだ。どれだけ俺の成績が落ちようが、どうでもいいの

それに一瞬だけ戸惑ったけれど、それもそうか、と俺はすぐに納得する。

「……べつに、なにも」

「もとからこんなんだよ、俺」

気づいたら、軽く強張っていた肩からも、ふっと力が抜けた。なんだか投げやりな気分になって、唇の端から苦い笑いが漏れる。

「頭、悪いんだよ、もともと。ずっと必死にできるふりしてきただけで。……ごめん」

放り出すように俺が呟いた言葉に、母は真顔で何度かまばたきをして、

「ごめんってなにが？」

「だから……失望、させて」

言ったあとで、自分の口にした言葉にうっかり自分で傷ついてしまった。息が詰まる。情けないことに少し泣きそうになったのは、きっと余裕がなかったせいだ。みのりの病気のこととか、残された時間のこととか、頭を満たしている重たいものが多すぎて。

堪《こら》えようとうつむいて、ぐっと唇を噛んだとき、

「はあ?」

母からは、心底びっくりしたような、軽く上擦った声が飛んできた。

本当に思いがけないことを言われた、というような調子で、

「失望? なんで? いつそんなこと言った?」

「……や、べつに言ってはないけど」

困惑気味に勢いよく聞き返してくる母に、俺もちょっと戸惑いながら、

「ただ、母さん訊いてこなくなったじゃん。俺の成績のこととか全然。ひどい点数とってもなにも言わなくなったし。だから」

「そりゃ、訊くとあんためちゃくちゃ落ち込んでたから。訊かれたくないのかなと思って訊かないようにしてたけど。え、なに、訊いたほうがよかったの?」

「いや、訊いたほうがよかったというか……」

純粋に不思議そうな調子で訊かれて、思わず返事に詰まる。

そして唐突に思い出した。

昔、まだ母から成績のことを訊かれていた頃。

『どうだった?』と訊ねる母の期待のこもった目に、心臓を押しつぶされるような気持ちになったこと。そんな俺を見て、母も悲しそうな顔をしたこと。あれは俺の成績にがっかりした顔だと思っていた。それ以外の想像ができなかった。今の今まで、

ずっと。

「訊かなかったのは、どうでもよかったからよ」

母はあっさりとした声で言い切って、小テストを目の前のローテーブルに置いた。そうしておもむろにソファから立ち上がると、

「誰にだって向き不向きはあるし、日向みたいに勉強が向いてる人もいれば、晴みたいに苦手な人だっているでしょ。日向は勉強好きで楽しいみたいだけど、晴はしんどそうだったし。私はただ、苦手で嫌いなものをそこまで必死に頑張らなくていいと思っただけで」

しんどそうだと、母は気づいていた。ただそれだけで、すべてのピントが合っていくのを感じた。

どうして気づけなかったのだろう。あきらめられたとか、幻滅されたとか。そんなことしか考えられなかった自分が、今更恥ずかしくなる。

「ねえ、もしかしてなにか見つかったの？」

俺の前まで歩いてきた母が、下から覗き込むように俺の顔を見つめながら訊いてくる。母と真正面から向かい合うのは久しぶりで、いつの間にかその視線が俺よりだいぶ低い位置にあることに、少しハッとした。

訊きながら、もう母はなにか察しがついているようにも見えた。うれしそうな、期

待に満ちた目が俺を見る。

「最近帰りが遅いのも、それで？」

「……うん」

肩に掛けたままの鞄の中で、揺れたメイク用品がかすかに音を立てる。瞼の裏に、みのりの笑顔が浮かぶ。

「見つかった」

口に出して初めて、より強く自覚した。

同時に、胸を覆っていた靄も晴れていくような気がした。

「そう」と母は朗らかに笑う。その目線が、ふと俺の額に向いたのがわかった。そこでまた、うれしそうにその目が細められる。

それ、と母はおもむろに俺の額を指さして、

「隠すのやめたんだ、おでこの痣」

「……うん。もういいかなって」

「気にならなくなった？」

「うん、なんか最近は」

そこまで気を回す余裕がなくなった、というのが正しいのかもしれないけれど。自分の顔にコンシーラーを塗る時間があるなら、みのりの顔に施すメイクの研究をした

かった。自分用のコンシーラーを買うぐらいなら、みのり用のアイシャドウを買いたかった。

「ごめん」と俺が思わず呟くと、母はきょとんとして、

「なにが？」

「母さん、嫌だったんだよな。男のくせに、俺がこんな小さな痣気にして、コンシーラーとか使ってたの」

――男の子なんだから。

耳に貼りつくように残っていた、あの日の母の声。

そのときの母の悲しそうな顔を思い出しながら、そう言葉を継ぐと、

「え、違うわよ」

「へ」

「申し訳なかっただけ」

驚いて母の顔を見れば、母はどこか泣きそうな顔で笑って、

「晴にこんな痣を作っちゃったことが申し訳なくて。だからできれば気にしないでほしいっていう私のわがまま。男の子なんだから、なんて、ただ私が自分に言い聞かせてたようなもので」

本当に。

どうしてひとつも、気づけなかったのだろう。

自分が傷ついたという記憶ばかり鮮明で、相手の表情だとか声色だとか、なにひとつ見えていなかった。

勝手に思い込んで、傷ついて。

同時に自分も、傷つけていたのに。

「……今度」

「うん？」

「今度、ちゃんと話すから。俺が見つけた、やりたいこと」

「……うん、待ってるよ」

なんとなく、思った。

今なら、水色のアイシャドウも、使うことができるかもしれないと。


翌日、みのりの家へ行くとみのりはやはり寝ていた。けれど今日は、三十分ほど待っていたら彼女は目を覚ました。

「昨日、ごめんね。会えなくて」

今日は天気が悪かったので外へは行かず、そのままみのりの部屋でメイクを始めた。

目の縁にラインを引いていたところで、みのりがぽつんと呟いた。思いきり消沈した声だった。

いや、と俺が短く返せば、

「せっかく遅くまで待っててくれたのに……ほんとにごめんね」

「いいよ、べつに。俺が勝手に待ってただけだし」

「私も会いたかったんだけどなあ……」

ぼやく彼女の声にはめずらしいほど力がなくて、彼女が心底落ち込んでいるらしいことが伝わってきた。

そんな様子を見ていると、こちらの胸にまでどす黒い不安のようなものが流れ込んでくる。それを振り払いたくて、「じゃあ」と俺はできるだけなんでもない調子で口を開くと、

「もう寝坊すんなよ、次からは」

「うん。気をつけます」

合わせるようにみのりもちょっと笑ってから、あとはメイクが終わるまでお互いなんとなく黙っていた。

「――あっ、そうだ！」

ただ黙っているだけだと思っていたら、みのりはなにやら考えていたらしい。

完成したメイクを見てもらおうと俺が手鏡を向けたところで、みのりが唐突に声を上げた。せっかく向けてやった手鏡は無視して、いいこと思いついた！という顔で俺のほうを見たみのりは、

「晴くん、写真撮らせて！」

「……は？」

「晴くんの写真が欲しい！　前に盗撮してた分は、ぜんぶ晴くんに消されちゃったしさ……」

しゅんとして顔をうつむかせるみのりに、なんで俺がひどいことしたみたいな言い方なんだ、と不満に思っていると、

「ね、お願い！　撮らせて？　病気の女の子のお願いだもん。聞いてくれるよね？」

ここぞとばかりに病気を持ち出してくるみのりに、顔をしかめる。それは卑怯だろ、と思いながらも、けっきょくそう言われれば断ることもできず、俺は渋々頷いた。

「やったー！　ありがと！」

みのりはうきうきとスマホを取り出し、こちらへ向けて構えると、

「はい、じゃあ撮りまーす！」

「え」

表情を作っている間もなく、言うが早いか画面をタップした。カシャ、という軽快

なシャッター音が鳴る。それにみのりは「よし！」と満足げに頷き、撮った写真を確認すると、

「……なんか、真顔だと証明写真みたい」

「お前が急に撮るから」

「あっ、じゃあ次は笑顔を撮らせてくれる？」

「撮らせません。いいだろべつに、俺の顔ならなんでも」

言ったあとでものすごく恥ずかしい台詞だった気がしたけれど、みのりは「たしかに！」と納得したように大きく頷いて、

「ありがとう、晴くん。じゃあこの写真、大事にするね！」

「そんな写真持っててどうすんの」

「もちろん、眺めるんだよー。寝る前とかに目に焼きつけておけば、晴くんが夢に出てきてくれるかもしれないでしょ。そうしたら、会えなくても寂しくないから」

さらっとみのりが口にした最後の言葉に、一瞬、息が詰まった。

何か言いたかったけれど喉からうまく声が出せなくて、俺が黙り込んでしまったあいだに、

「あっ、そうだ、晴くんも私の写真いる？」

思い出したようにみのりが訊いてきて、「は？」と間の抜けた声が漏れた。

「いや、晴くんも会えないときに、私の写真眺めたりしたいかなーと思って。そうしたら、晴くんも私の夢見て、私たち夢で会えちゃったりするかも！」

「……いらない」

「そんな遠慮せずにー」

「本当に、いらない」

喉からあふれた声は、自分でもちょっと驚くほど強かった。

みのりの口にしたその言葉に、目眩がしそうなほどの拒否感が湧いて。

俺の硬い声にみのりも驚いたように、ぱっと口をつぐむ。そうして、「あ……そ、そっか」と引きつった笑顔になって、困ったようにうつむいた彼女に、

「みのりに会いたくなったら、会いにくるから」

「……え」

「だから、いらない。写真なんて」

夢で会うなんて、冗談じゃないと思った。無性に否定したかった。みのりがそういうつもりで口にしたわけではないことはわかっていたけれど。どうしても、打ち消しがたい未来を想像してしまった。嫌になるほど鮮明に。

夢でしか、会えなくなる、その日のことを。

だから、

「毎日、俺はみのりに会うから。会えなくて寂しいなんて思う間もないぐらい」

「……で、でも私、昨日みたいに日中起きられない日もあるし」

「そういう日は夜に会えばいいじゃん」

「夜どころか、夜中かも」

「夜中でもいいよ」

「……もしかしたら、一日中、起きられないかも」

「そのときは起こす。無理矢理にでも」

できるだけきっぱりと断言すれば、みのりは、ふっと唇の端から息を漏らすように笑って、

「晴くんに起こされたら、ほんとに起きちゃいそうだなあ、私」

「起こすって言ってんじゃん」

「ちなみにどうやって？」

「耳元で大声出したり、めっちゃ身体揺すったり、顔に水かけたり、とにかくいろいろ」

思いつく限りに並べてみれば、うーん、とみのりはそこでなぜか難しい顔になった。

そうして少しだけ考え込むように黙ったあとで、

「そんなひねりのない方法じゃ、起きないかなあ、たぶん」

「え、じゃあどうすれば起きんの」

まさかのだめだしが入って、思わず聞き返してしまっていた。

直後、みのりの目が悪戯っぽく輝く。

「それはー、もちろん」

「もちろん？」

だけど次の言葉を口にしようとしたみのりは、一瞬ためらうように口ごもってから、

「き……キス、とかー」

「は？」

「してくれればー、起きる、かな。うん！」

自分から言い出したくせに、みのりは思いきり狼狽《ろうばい》したように視線を泳がせていた。どうやら、ちょっとした軽口のつもりだったようだけれど、言ったあとで思いのほか恥ずかしくなってしまったらしい。すでに自分の発言を後悔した様子で、顔を赤くしている彼女に、

「わかった。覚えとく」

追い討ちをかけるように頷いてみせれば、「へっ!?」とすっとんきょうな声が上がった。自分から言い出したくせに。

「そうすりゃ起きるんだな、みのり」

「え、え!? あ、い、いや、えっと」

「マジですから。起きなかったら許さないから」

「ええ!? うそ!?」

あわてるみのりに畳みかけながら、なぜだか一瞬、泣きたい気持ちにおそわれた。大声を上げて、思いきり泣きたくなった。喉の奥にこみ上げそうになる熱さを呑み込むよう、ぐっと唇を噛む。そうして目を伏せ、絞り出すように告げた。

「……ぜったい、起こすから」


その日の帰り道、ドラッグストアに寄った。

白い蛍光灯の光がまぶしいメイク用品売り場で、居合わせた女性客にちょっと怪訝な目で見られながら、いくつかのメイク用品を調達する。

なくなりかけていた化粧下地や、気になった新色リップ。目当てのものを手にしてレジへ向かおうとしたとき、ふとブラウンのアイシャドウが目に入った。

いちばんよく使うその色は、手持ちのものがだいぶ減ってきていたことを思い出す。

とはいえまだ半分以上残っているし、向こう三ヶ月は間違いなく保つぐらいの量だけれど。

それでも俺は、そのアイシャドウを手にとっていた。

どうせ、いつか使い切るのだから。ぜったいに。使い切る、はずだから。

自分に言い聞かせるように、そう心の中で呟きながら。


みのりの起きている時間は、着実に短くなっていた。

これまでは午前中の二、三時間も起きていられたそうだが、最近は夜眠りについたら翌日の夕方まで、まったく目を覚まさないらしい。

「太陽を見られなくなっちゃったよ」

会いにいったとき、みのりはそう言ってちょっと寂しそうに笑った。

「夜寝て起きたら、また夜なの」

今日も、彼女が初めて目を覚ましたのは午後の六時半だった。十二月に入って日も短くなったため、彼女が起きたとき、すでに空は真っ暗だった。

みのりの起きる時間が遅くなったのにあわせて、俺がみのりの家を出る時間もだいぶ遅くなった。以前は空が暗くなる前にお暇《いとま》するようにしていたけれど、今はそんなことをしていたら会えない日がほとんどになってしまう。

「みのりも晴くんに会えなかったら悲しむし、晴くんさえよければ、待っててあげてほしい」

そんなみのりの母の言葉に甘えて、最近は八時だとか九時だとかまで待たせてもらう日も増えてきた。

みのりが動ける時間が減ったことで、計画を立てていた外出もまだ果たせぬままだった。

夜遅くにみのりを連れ出すのは憚られたし、なにより、みのりの体調もあまり芳しくないようだったから。

起きているあいだもなんとなくぼんやりしているというか、会話をしていてもはっきりとした受け答えができないことも増えた。まだ脳が半分寝ているような、そんな状態に見えた。

これまでは、普通の人より少し睡眠時間が長かったり、体力がなかったりするだけの、起きているあいだは俺たちと何ら変わりない、ごく一般的な女の子に見えていた彼女が、しだいに病人じみていくのを、嫌でも感じた。

だけど、そんなときでもみのりが目を輝かせてくれる瞬間は、たしかにあった。

「わあ……！」

彼女の顔にメイクを施し、手鏡を向ける。そうして自分の顔を確認した瞬間の彼女の表情が、どんなときよりもいちばん、生気に満ちていた。

それが見たくて、どんなに時間がなくても手は抜かず、毎日、俺はみのりにメイクをした。

「すごい、かわいい！　私、この色好きだなあ」

「うん、似合ってる。みのり、オレンジ系似合うよな、ほんと」

「ほんとに？　うれしい！　ね、でも水色は？　まだ？」

「あー……うん」

もう何度目になるかわからないその質問に、俺もまた、何度目になるかわからない曖昧な返事をする。

研究なら、もう充分すぎるほどしていた。自信だって充分あった。それでもどうしてか、俺はずっと頷くことができずにいた。

みのりに時間がないことは、わかっているはずなのに。

いや、わかっているから、かもしれない。

彼女の唯一の望みを叶《かな》えることが、無性に怖かった。今はまだ、こんなふうに楽しみに待っていてほしかった。そうすればそのあいだは、彼女は変わらずここにいてくれるのではないか、なんて、そんな子どもじみたことを願っていた。


スマホが鳴ったのは、日付を越えた頃だった。

昨日のみのりは、十時を回ってもベッドで規則正しい寝息を立てており、まったく起きる気配がなかった。だから昨日は、あきらめて彼女に会うことなく帰っていた。
気づかないことがないよう最大にしていた通知音が、耳元で大きく響く。画面を見ると、みのりからメッセージが届いていた。
《ごめんね、今起きた》
その文面を目にした途端、俺は考えるより先に身体を起こしていた。画面に指をすべらせる。
《じゃあ、今から会いにいく》
即座に既読はついたけれど、返信はなかった。だけど待つ気もなかったので、かまわずベッドから降りて、椅子の背にかけていたマウンテンパーカーを手にとる。寝間着代わりのジャージの上にそれを羽織っていたところで、また通知音が鳴った。
《私も会いたい》
少し遅れて届いた、みのりからの返信だった。
彼女の家の側にある小さな児童公園に、みのりはいた。街灯も消えた真っ暗な公園の中、ひとりベンチに座っていた。
彼女が黒い服を着ているせいか、背中を丸めてうつむいているせいか、その姿が今にも闇に溶けてしまいそうに見えて、一瞬どきりとする。

終電も過ぎていたので、自転車で二駅分こいできた脚はもうパンパンだった。けれどかまっている余裕はなかった。自転車を停めている時間も惜しくて、横倒しに放るようにして自転車から降りる。悲鳴を上げる脚がもつれそうになったのは、根性で堪えた。

がしゃん、と自転車の倒れる音が静かな公園に響いて、それに反応してみのりが顔を上げる。こちらを向いたその表情は、暗くてほとんど見えないはずなのに、なぜだかよくわかった。

彼女が今にも、泣きそうな顔をしていることが。

それに息が止まりそうになって、夢中で彼女のもとへ駆け寄る。そうしてベンチに座る彼女の横に座るなり、息苦しさに押されるまま手を伸ばしていた。

彼女の後頭部に手を回し、自分の胸に押しつけるように引き寄せる。息が乱れているのも汗をかいているのも、かまっていられなかった。

一瞬だけ驚いたように身体を強張らせたみのりは、少しして、ゆっくりと俺の背中に手を回してきた。最初はためらいがちだったその手は、すぐに、きつくしがみつくような力に変わる。

「……晴くん」

子どもみたいに顔を俺の胸に押しつけながら、みのりは小さく声をこぼした。かすかに震える、頼りない声を。

「ありがと。来てくれて」

「……べつに、俺が会いたかったから、来ただけ」

そう言っても、みのりはまた、「うん」と小さく頷いたあとで、「ありがと」と呟いた。

背中に回されたみのりの手に、また力がこもる。それに応えるよう、俺も彼女を抱きしめる力を少し強めたとき、

「部屋がね、暗くて」

胸に顔を埋めたまま、みのりがくぐもった声で話しだす。

「静かで、晴くんが、いなくて」

「うん」

「そしたら、なんかね、一瞬、今っていつなのか、わかんなくなって」

言葉を重ねるたび、しがみつく彼女の手が、少し震えた。

「それでね、なんか、変な感覚になって」

「……どんな？」

「私がね、何日も何ヶ月も何年も寝ていて、もうとっくに、晴くんはいなくなってる

ような、そんな気がして」

口を開こうとしたけれど、息が詰まって咄嗟に言葉が出てこなかった。

それがもどかしくて、代わりに抱きしめる腕に思いきり力をこめる。すっと短く息を吸う。

「……んなわけ、ないじゃん」

そうして押し出した声は、ひどく情けなく、不格好に掠れた。

だけどもう、それでいいと思った。

取り繕っている余裕なんてなかった。俺はずっと、彼女の前では。

「起こすって言っただろ。俺、みのりに何ヶ月も何年も会えないとか、耐えられそうにないし」

「うん」

「だから俺がみのりに会いたくなったら、俺が起こすよ。悪いけど。みのりがまだ寝ていたいって言っても、聞かない。無理矢理起こす。意地でも。容赦しないから」

「……なにするの？」

「だから――」

言いかけて、思わず言葉を切った。先日聞いた、みのりの言葉を思い出して。

「ねえ、なにして起こしてくれるの？　晴くん」

そんな俺の胸の内を見透かしたように、みのりが悪戯っぽい口調で重ねてくる。俺の顔を見ようとしたのか、みのりが腕の中で頭を動かしかけたのがわかった。それを封じるよう、俺はいっそう強い力で彼女の頭を胸に押しつけてから、

「み……水、かけたり」

「えーっ、私、病人なのにー」

小さく笑ったみのりの声は、だけどすぐ電池が切れたみたいに、ぷつんと途切れた。

それからしばらく黙ったあとで、彼女はおむもろにこちらへ体重をかけ、

「……寝るのがね、怖くて」

ぽつん、とこぼれ落ちるように呟いた。

途方に暮れた子どもみたいな、ひどく頼りない声で。

「いつも。寝たら、次目を覚ますのはいつなんだろう。私が寝ているあいだに世界がすっごい進んでて、ひとり置いていかれちゃうんじゃないかな。晴くんも、もう、いなくなってるんじゃないかな。そういうこと考えたら、怖くなって」

そこで軽く言葉を切ったみのりの肩が、震える。

「……寝たく、ないな」

絞り出すように続いた声も、同じぐらい震えていた。

「なんで寝ちゃうんだろ、私。やだな。私も普通がよかった。普通に晴くんと学校

行って、昼休みいっしょにお弁当食べて、放課後や休みの日はどこかに遊びにいって。そういうのが、よかったな」

俺は息を止めるように黙ったまま、みのりの吐き出す言葉を聞いていた。

間近に伝わるその冷たい震えに、目を瞑る。

自室のベッドでひとり眠りにつく、みのりの姿が瞼の裏に浮かぶ。ここ数週間、起きている彼女よりも長く目にしている、その姿が。

「……しないよ」

それを振り払いたくて口を開くと、思いのほか強い声がこぼれた。

彼女へ向けてではなく、俺自身へ誓いを立てるような。

「え？」

「みのりが寝てるあいだにいなくなったりしない。言ってんじゃん。その前に、俺がぜったい起こすから」

「……うん」

「約束する。ぜったいに、みのりをひとりで、眠らせない」

みのりはなにも答えなかった。ただ俺の背中にしがみついて、子どもみたいに顔をすり寄せていた。だから俺も、黙ってそんな彼女を抱きしめていた。

このままずっと、抱きしめていたかった。いつか、彼女が眠りにつくまで。俺が彼女といっしょにいられる、残りの時間すべて。
そうしておけば、よかった。
あのとき。
あのままずっと、抱きしめておけばよかった。

第五章　きみと歩いた道

みのりは、目を覚まさなくなった。

みのりと最後に言葉を交わしてから、もう四日が経とうとしていた。

俺は変わらず、学校が終わると毎日みのりの家に通って、眠る彼女の傍《かたわ》らで、ただ彼女が起きるのを待った。ときどき名前を呼んだり、手を握ったり、肩を揺すってみたりもしたけれど、反応はなかった。身じろぎひとつ、彼女がすることはなかった。

毎日十時までは待たせてもらって、帰宅したあとは、みのりからの着信に気づきそびれることがないよう、スマホを片時も手放さずにいた。寝るときも枕元に置いた。

けれどいくら待っても、彼女から、《今起きた》という連絡が来ることはなかった。

予感は、否応なしに胸の奥に流れ込んできていた。

みのりが目覚めなくなって、ついに一週間が経った日。

嫌になるほど見慣れたみのりの寝顔を眺めながら、ようやく、俺は決意した。

「今日も起きなかった？　ごめんね」

その日も十時まで待たせてもらってから、帰り際、リビングにいたみのりの母に声をかけると、みのりの母は困ったような笑顔でそう言った。なんでもないことのように、あっけらかんとした調子で。

彼女はいつもそうだった。だから俺もそれに合わせるよう、軽い調子で首を横に振っていた。

お互い、みのりの現状について触れるのは、なんとなく避けていた。

きっと、口にすることでそれが現実味を帯びるのが嫌だったのだ。

だからずっと、見て見ぬ振りをしてきた。俺も、昨日までは。

「……あの」

短く息を吸ってから、口を開く。こぼれた声は、ひどく強張っていた。

いつもと違う返事が返ってきたことに、みのりの母もすぐになにか察したようだった。まっすぐにこちらを見据え、静かに俺の言葉を待ってくれているのがわかった。

それを確認して、あらためて口を開こうとしたとき、少し息が詰まった。

その言葉を口にするのが、嫌だと感じた。

口にすることで、認めざるを得なくなる気がした。

だけどこのまま、見て見ぬ振りをするなんて、それこそできるはずがなかった。

だってこれが現実で、なによりも彼女が、いちばん、恐れていたことで。

だから、

「お願いが、あります」

――俺は彼女との約束を、果たさなければならない。

翌日、俺は学校が終わると一度家に帰り、制服を着替えてからみのりの家へ向かった。早足で歩いていると、いつもより重たい鞄の中で、詰め込んだメイク用品がかちゃかちゃと音を立てた。

みのりは今日も、自室のベッドに寝ていた。

眠る彼女の傍らに、俺は膝をつく。そうして彼女に掛けられていた毛布を、そっと剥がしたときだった。

思わぬ光景が飛び込んできて、面食らった。みのりは当然、いつものように寝間着代わりのスウェットを着ていると思っていたから。

布団の下から現れたのは、真っ白なワンピースだった。

ふわりとしたシフォン素材で、胸元には繊細なレースがあしらわれている。七分丈の袖は淡く透けていて、普段着というより、まるで、ドレスみたいな。

それに驚いて思わず固まっていたら、ふいにドアをノックする音がした。

振り返ると、入り口のところにみのりの母が立っていて、

「どう、かわいいでしょ？　その服」

悪戯が成功した子どもみたいな調子で、うれしそうに訊いてきた。

「前にね、みのりといっしょに買い物に行ったとき、みのりにねだられて買ったの。

そのワンピース」

「……そう、なんですか」

「今まではおしゃれなんて全然興味ないって感じの子だったんだけどね。めずらしく、こんなかわいい服を欲しい欲しいって言うから、なんかうれしくて、つい買ってあげちゃった。……晴くんに、メイクをしてもらいはじめた時期だったなあ」

なにを言えばいいのかわからなくて、俺は黙ってみのりのほうへ視線を戻した。目の奥が、少し熱くなる。息が苦しい。

「だからね、たぶん、今日、着たかったんじゃないかと思って」

そう続けたみのりの母の声は、語尾がかすかに震えていた。だから俺は、そのまましばらく振り返らずに、みのりを見つめていた。

白いワンピースを着て眠るみのりは、まるでこの世のものとは思えないほど儚《はかな》く、きれいだった。

きっとこの先も、俺はこれ以上にきれいなものなんて、見つけることができないのだろう。それは打ち消しがたい確信で、そのことが泣きたくなるほど悲しくて、うれしかった。

陽も落ちかけた十二月の空気は、凍みるように冷たい。しかも今から向かう場所は山なので、みのりにはワンピースの上から白いダッフルコートを羽織らせた。首もとには赤いマフラーも巻き、足元には暖かそうなムートンブーツを合わせる。

これらのものもすべて、みのりがあらかじめ用意していたらしい。初デートのとき用に、と、母にねだって買ってもらっていたのだという。

「……似合ってるよ」

車の後部座席に座らせたみのりに、そんな言葉をかけてみる。返事はなく、細い寝息だけが聞こえた。

目的地に着くと、俺はみのりをおぶって車を降りた。

「晴くん」

連れてきてくれたみのりの母にお礼を言ってから、ドアを閉めようとしたところで、ふいに名前を呼ばれた。

はい、と聞き返しながら振り返れば、

「それ、すごく決まってるよ。かっこいい」

みのりの母はそんなことを言って、明るく笑った。どこか悪戯っぽい笑顔だったけれど、口調にからかうような色はなくて、そのことに今更照れくさくなる。

「ありがとうございます」と俺はなんとなく早口に返してから、ドアを閉めた。

歩きだすと、背中で眠る彼女の寝息が、耳朶《じだ》をかすめた。

吹きつける風は街中よりずっと冷たく、刺さるようで、

「あー、さっむ」

思わずぼそりとこぼした声にも、返事は返ってこない。

「めっちゃ寒いな、ここ」

けれどかまわず話しかけつづけた。

「山だからかなー」

履き慣れない革靴に苦労しながら山道をしばらく歩いたところに、みのりの言っていた教会はあった。

写真で見ていたとおりの、白い壁と尖塔。中から漏れる光が、暗い夜を照らしている。

それに吸い寄せられるよう石畳の階段を上がると、古びた木製のドアが現れた。ゆっくりと押せば、ギィ、と年季の入った蝶番《ちょうつがい》が音を立てる。

「うわ……」

開いたドアの向こう、まず目に入ったのは、正面にある大きな窓にはめ込まれたステンドグラスだった。動物や剣が描かれた、色とりどりのガラス。壁の白に映えるその色合いは、夜でもはっとするほど美しかった。

――みのりが、行きたいと言っていた場所。

連れていくと、約束していた場所。

「……ほんと、めちゃくちゃきれいだな」

中には、俺たち以外誰もいなかった。

重たいドアを閉めると、途端に一切の雑音から切り離される。しんと静まりかえる空気は、外よりいくらか硬く、張り詰めているような感触がした。

正面にある祭壇に向かって歩きだすと、革靴の硬い足音が高い天井に反響する。

思えば、教会の中に入るのなんて、これが初めてのことだった。

その静謐《せいひつ》さと初めて目にするステンドグラス、真っ白な壁と年季の入った木目の黒に囲まれていると、まるで別世界にでも迷い込んだかのような気分になる。自分の足音とみのりの寝息だけが耳を覆っているのも、不思議な感覚だった。

「なあ、みのり」

歩くたび、みのりの白いスカートの裾が、ふわふわと揺れる。家でのみのりはいつもジャージやスウェットばかり着ていたから、私服のスカート姿なんて見るのは今日がはじめてだった。

「きれいだな、ほんと」

規則正しい寝息が、変わらず耳元で聞こえる。

「……やっと、来れたな。みのり」

祭壇の前までたどり着くと、その奥にある大きな十字架を見上げる。

立派なその十字架を見ても、なにか祈ろうとは思わなかった。

その場に膝をつき、みのりを背中からそっと降ろす。そうして左腕で彼女の肩を抱え、膝の上にその身体をのせた。

頬にかかる前髪を払い、彼女の顔をじっと見つめる。

前髪を払った手を、そのまま彼女の頬に添える。

躊躇なんてしなかった。一瞬も。彼女と約束していたからとか、そういうわけでもなくて。ただ単純に、そうしたいと思った。

軽く抱き起こした彼女の顔に、顔を寄せる。目を閉じる。

唇に触れた感触は俺よりずっと温度が低くて、けれど目眩がするほど柔らかくて。

離すのが惜しくなって、俺はしばらくそうしていた。

数秒後、そっと顔を離し、みのりの顔を見る。瞼はあいかわらず固く閉じられたまま、動かない。

「……起きないじゃん」

約束と違う。そう思って、小さく苦笑したときだった。

薄く開かれていたみのりの唇が、かすかに震えた。

軽く唇を噛むような仕草があって、規則正しく続いていた寝息が、ふと途切れる。

同時に、伏せられた瞼が痙攣《けいれん》するように動いた。

息を呑む。

名前を呼びたかったけれど、声が出なかった。

ただ彼女を支える指先に力を込めたとき、みのりの目が、ほころぶように開いた。

俺は呼吸も忘れて、その様をじっと見つめていた。

まるで、彼女の顔を覆っていた厚い膜が、ゆっくりと剥がれていくみたいだった。

何度かまばたきを繰り返す中で、ぼんやりとしていた彼女の双眸が、しだいに焦点を結んでいく。宙を漂っていた彼女の視線が、俺の顔に留まる。目が合う。

その瞬間、彼女の瞳の中にいる自分の姿が、奇妙にはっきりと見えた。

「……晴くん」

彼女の唇がまたかすかに震えるように動いて、俺の名前を呼ぶ。

「おはよう」

だけど俺はあいかわらず声が出せなかった。息すら、できなかった。

まだぼんやりとした表情で、けれど俺を捉えた途端、ふわりと表情をほころばせた彼女の笑顔が、途方もなく美しくて。呆けたように、見つめることしかできなかった。

見つめることに必死だった。まばたきすら惜しかった。

「……おそ、い」

ようやくこぼれたのは、そんな、ひどく上擦って掠れた不格好な声で。

「寝すぎだし。ほんと、全然起きないのな、お前」

「へ、ごめん」

「仕方ないから、おぶってきてやった」

「え？　……わ」

そこでようやく気づいたように、みのりが辺りを見渡す。その目が大きく見開かれ、それから少しして、喜びに頰が紅潮《こうちょう》した。

「すごい。……すっごい、きれい」

感極まった声で呟くみのりの身体を、そっと抱き起こす。そうして近くの椅子に座らせると、彼女の身体が安定したのを確認して、ゆっくり手を離した。

「このまま、身体起こしていられる？」

「あ、うん、大丈夫」

「じゃあしばらくこのままで」

「なにするの？」

「決まってんじゃん」

時間はたぶん、あまりない。俺は肩に提げていた鞄を下ろし、中から化粧ポーチを取り出した。みのりといっしょに過ごす時間は、いつも傍らにあったそのポーチ。

化粧下地、ファンデーション、リップ、ビューラー、アイライナー、アイシャドウ。今日のために選んでおいたものをひとつずつ、床に並べていく。

準備を済ませてからみのりの顔へ視線を戻すと、みのりもじっとこちらを見ていた。うれしそうに、その目を細めて。

「今までていちばん、きれいにしてやる」

「はい、お願いします」

本当は彼女にメイクなんて必要ないと、今でも思っている。素顔のままでも彼女は充分美しくて、魅力的で。

だけどメイクを施した自分の顔を見た瞬間の、彼女のぱっと輝く表情は、なににも代え難いきらめきがあった。初めて目にした一瞬だけで、どうしようもなく心を奪われてしまったほど。

あのきらめきを引き出せたのは俺なのだと、今だけは、自惚《うぬぼ》れていたかった。

「ねえ、晴くん」

ひとつ息を吐いて、化粧下地を手にとる。左の手の甲に適量出し、右手の指先ですくう。

彼女の顔に触れようとした一瞬、指先が震えた。何度目だろうと慣れない、心地良い緊張に。

この瞬間が、好きだった。ずっと。――本当に、好きだった。

「泣いてたら、私の顔、よく見えないんじゃない？」

困ったように笑ったみのりが、ふとこちらへ手を伸ばしてくる。細い指先が、濡れた頬を拭う。

「大丈夫？」

「……全然、余裕」

まばたきをすると、拍子に目の縁から滴が落ちた。目の前にあるみのりの顔がにじむ。

不明瞭な視界の中、それでも迷うことはなく、彼女の頬に指を置く。

「何回、この顔にメイクしてきたと思ってんの」

視界がにじんでいることぐらいなんでもなかった。最悪、目を瞑っていてもできる気がする。みのりにだけは。

だってもう、指が覚えていた。

それぐらい何度も何度も、俺はこの顔に触れてきた。

「もう染みついちゃってるから。みのりの顔」

「そっか。晴くんがメイクするの、私だけだもんね」

「そうだよ」

「……あのね、私」

額や目の下にのせた化粧下地を、外側へ向けて丁寧に伸ばす。塗り終えたあとは、スポンジで押さえてなじませていく。

「ずっと、私だけがいいって思ってた」

この肌の感触と凹凸に、俺の指はすっかり馴染んでしまった。

もう、どうしようもないほど。

「晴くんがメイクするの。私だけでいてほしいって。私の専属でいて、私だけをきれいにしてほしいって。私ね、わがままだし独占欲強いから。そんなこと願っちゃうの」

「……うん」

そうするよ、と俺は言おうとした。最初からずっとそのつもりだった。

だって、今以上にメイクをしたいと思う瞬間なんて、きっとこの先、訪れないから。

みのり以上に、そうしたいと思える人なんて、きっと。

「だから、今日で最後」

だけど俺が口を開くより先に、みのりがそう言葉を継いだ。ひどく穏やかで、優しい声だった。

「晴くんに、私の専属でいてもらうのは。これでおしまい」

みのりは目を開け、まっすぐに俺の目を見た。優しく細められたその眼差しもひどく穏やかで、なんの揺らぎも見えなかった。

それを見た瞬間に、悟った。

きっとこれが、最後なのだと。

「私ね、ずっと覚えてるよ」

思わず手を止めてしまった俺のほうへ、みのりがふたたび手を伸ばしてくる。

「晴くんが初めて、私にメイクをしてくれたときのこと。昨日のことみたいに思い出せるの。今でも」

俺も、と言いたかった。だけどなんだか息が詰まって、なんの声も出せなかった。

「世界がね、変わったんだ」

なにも言えずにいる俺の手に、みのりが触れる。そうしてそっと引き寄せ、自分の頬に押し当てながら、

「この手が魔法をかけてくれたの。晴くんはね、すごいんだよ。魔法が使えるの。人を、幸せにできる人なんだよ」

だから。まっすぐに俺の目を見つめたまま、みのりが続ける。

その目から、俺も視線を逸らせなかった。

「そういう人は、たくさんの人を幸せにしてあげなきゃいけないと、私は思うんだ」

みのりは自分の頬に当てていた俺の手をそっと離すと、反対の手でファンデーショ

ンブラシを拾った。「だからね」そうしてそれを俺の手に握らせながら、

「私がメイクをしてもらうのは、これで最後。でも代わりに、最高傑作にしてね。ずっと忘れられないぐらい」

「……わかった」

俺は目を瞑り、一度ゆっくりと息を吐いた。

最後なのだと、あらためて確かめる。

それだけで息が詰まって、指先が震えそうになる。

だけどぐっと力を込め、その震えを堪えた。目元を濡らす涙も、手の甲で強く拭う。

手元が狂うわけにはいかないから。今からアイメイクに移るのに。失敗するわけには、いかない。今だけは、ぜったいに。

今の自分にできる、最高のみのりにする。

そう決めて、ふたたびみのりと向かい合う。みのりは俺の顔を少しだけ見つめてから、微笑んで目を閉じた。その顔へあらためて、手を伸ばす。

しばらくは、無言でひたすら手を動かした。

アイブロウで眉を描いて、瞼の際にラインを引く。繊細な作業に、自然と呼吸まで静かになる。みのりも黙ったまま、じっと目を瞑っていた。

「ちょっと目開けて」

「はい」

ラインを引き終えたところで声をかけると、みのりは言われたとおり瞼を上げた。

至近距離でぶつかった視線に、みのりが少しくすぐったそうに表情を崩す。

「どう？」

「……うん。すげえかわいい」

考えるより先にそんな感想が口をついていて、「へっ」とみのりが上擦った声を上げる。

「は、初めて言ってくれたね？　そんなこと」

「そうだっけ。いつも心の中で言ってたけど」

「わかんないよ、それじゃー」

「……そうだよな」

もっと、言っておけばよかった。彼女が聞き飽きるぐらい。もうやめて、って言いたくなるぐらい。本当にずっと、心の底から、そう思っていたのに。

「いいよ、今ちゃんと言ってくれたから」

「うん」

「ずっとそう思ってくれてたんだね、晴くん」

幸せそうに頬をゆるませるみのりに、俺は今更恥ずかしくなって目を落とした。

床に並べたメイク用品を見る。

次に使うものは、決めていた。手を伸ばし、それを拾おうとしたとき、また少し指先が震えた。息が詰まる。

うれしそうに目を輝かせた、あの日のみのりの顔が、瞼の裏に浮かんで。

「……ごめん。遅くなって」

「え、なに？」

「なんでもない。また、目閉じてて」

みのりといっしょに買った、そしてまだ一度も使ったこともなかった、そのパレット。初めて手にとり、蓋を開ける。そうしてそこにあった透き通るように明るい水色を、アイシャドウ用の細いブラシで、そっとすくった。

「……できた」

どれぐらい時間が経ったのかは、よくわからなかった。

知らず知らずのうちに力のこもっていた腕が少し痺《しび》れはじめた頃、彼女のメイクは完成した。

仕上げのパウダーをのせ、みのりの顔からブラシを離す。

みのりがゆっくりと目を開ける。

不思議だった。何度も、それこそ飽きるほど眺めているはずの顔なのに、それでも目にした一瞬、息が止まりそうになった。

瞼の上の水色は、はっとするほど彼女の白い肌に映えていて、彼女の持つ透明感をぐっと引き立てていた。ブラウンもオレンジもピンクも、彼女に本当によく似合っていた。けれどどの色も、この色にはとても比べられないと思った。まるで最初から、彼女のために存在する色であるかのようだった。

「……どう、かな？」

訊かれたけれど、俺はなにも答えられなくて、ただ黙って手鏡を差しだした。いつものように。

「わあ……！」

そこに映った自分の顔を見たみのりが、ぱっと目を輝かせる。頬や目元を上気させ、子どもみたいな無邪気さで、食い入るように鏡を見つめる。

「すごい」と感嘆の声が、その唇から漏れた。

「すっごい、きれい。今まででいちばん、きれいだよ！」

「……うん」

「あっ、しかもアイシャドウ水色だ！　わあ、うれしい。使ってくれたんだ！」

心底うれしそうに声を上げるみのりから、俺は目を離せずにいた。心臓をぎゅっと握りしめられたみたいな、息苦しさがおそって。

目眩がする。

――初めて目にした、あの日から。

俺はこの瞬間の彼女に、ずっと心を奪われている。もう、どうしようもないほど。

「……なあ、みのり」

「うん？」

「気づいてた？　今みのりが着てる服」

訊ねれば、みのりは促されるまま自分の身体を見下ろして、はっとしたように目を見開いた。

「あっ、これ！」

「みのりのお母さんが、着せてくれた」

気づくなり、みのりは勢いよくマフラーを外し、ためらいなくコートも脱いだ。その下に隠れていた真っ白なシフォンのワンピースが、ふたたび目の前に現れる。

「うれしい！　これ準備してたんだ。晴くんとの初デート用にって」

「初デート、どこに行くつもりだったんだよ。そんなドレッシーな服で」

「えっ、変かな!?」

「いや……かわいい、けど」

これで街中を歩いたら、けっこう目立っていた気がする。まあ、今のこの場所にはぴったりだけれど。まるで、あつらえたかのように。

「ていうかさ、それ言うなら、なんで晴くんはスーツ着てるの？」

「なんでって、教会だから」

「教会だから？」

「教会って正装していくものかと」

言うと、みのりは目を丸くして俺の顔を見つめたあとで、盛大に噴き出した。

「なにそれ!?」遠慮なく、お腹を抱えて笑いはじめる。

「え、晴くんの中で教会ってそういうイメージだったの!?」

「神聖な場所だし、ちゃんとしとかないといけないのかと」

どうやらこの認識が間違っているらしいことは、みのりの母の反応からも、すでになんとなく察していたけれど。

みのりは俺の答えがさらにツボにはまったらしく、ひとしきり笑い転げていた。

「あー、おもしろい」そうして笑いが少し落ち着いたところで、彼女はうっすら浮かんだ涙を拭いながら、

「晴くんって意外に天然なところあるね」

「みのりに言われるとなんか嫌だな」

「ずいぶんいっしょにいた気がするけど、私、まだまだ知らないことあるんだろうな。晴くんのこと」

呟いた彼女の目が、少し寂しげに細められる。

「知りたかったな。まだまだ、いっぱい」

「……俺だって」

知りたかった。この教会だけでなく、もっといろんな場所に連れていきたかった。そこでは彼女がどんな反応をするのか、ぜんぶ見たかった。

メイクだって、まだまだ全然し足りない。もっといろんなものに挑戦したかった。練習を重ねて、もっと俺の腕が上がれば、メイクの幅だって今よりずっと広がるだろうし。そのときにまた、みのりにメイクがしたかった。もっともっと、きれいにしてやりたかった。いろんな彼女を見たかった。いっしょに、生きていきたかった。

いっきにこみ上げた感情に胸が詰まって、息が苦しくなる。

振り払うように目を伏せると、俺はゆっくり息を吐いた。

「……みのり」

「ん？」

「せっかくだし、歩くか」

「へ、どこを？」

「ここを」

指さしたのは、並ぶ席の真ん中に伸びる、教会の入り口から祭壇まで続く道。

「せっかくこんな、おあつらえ向きの格好してるんだし。お互い」

みのりは一瞬きょとんとしたあとで、理解が追いついたらしく、ぱっと顔を輝かせた。

「うん！」と髪が揺れるぐらい全力で、大きく頷く。それから少し遅れて、思い出したように頬を紅潮させた。はにかんで、赤くなった頬を指先で掻く。

「あ、そうだ」

そうしてふたり並んで教会の入り口に立ったところで、ふと気づいた。隣のみのりのほうを見る。彼女の長い髪はそのまま、無造作に下ろされている。

「みのり、髪」

「へ？」

「髪、結ばせてよ」

「あ、たしかに！」

みのりもそこで初めて気づいたように、ぱっと明るく笑う。

俺はポーチからヘアゴムを取り出すと、みのりの後ろに立った。

指先で、彼女の髪をそっと梳く。あいかわらず細くて柔らかい、癖のない髪。いつまでも触っていたくなるのを堪え、耳上の髪を掬う。そうして後ろで軽くねじってまとめると、ゴムの結び目に髪を巻きつけて隠した。

「はい」

「ありがと！」

みのりはこちらを向き直ると、ワンピースの裾を軽くつまんで持ち上げてみせた。

ふふ、と照れたように笑いかける。

「ね、どうですか？　この格好」

「めちゃくちゃかわいいですけど、寒くない？」

けっきょく彼女はコートもマフラーも脱いだままなので、着ているのは、とても冬用には見えないシフォンワンピースだけだ。ふわふわと揺れるスカートの裾だとかはいかにも薄くて、ふと心配になってしまったけれど、

「え、寒くないよ。全然」

みのりはからっとした笑顔で、迷いなく首を振ってみせた。やせ我慢のようにも見えなかった。

「幸せすぎて寒さなんて感じないの、今の私」

言いながら、みのりがおもむろに俺の手を握る。そうして、「さあ、行きましょう」とかしこまった口調で笑った。

しんと静まりかえる教会に、ふたりの足音が響く。

祭壇へ向かって伸びる道を、みのりと並んで、歩いていく。

「ね、晴くん」

その両脇に並ぶ席に、俺の母やみのりの母が座っていたらいいのに、と叶うことのない光景を一瞬夢見た。

「メイク、やめないでね」

横を見ると、目を細めて前を見つめるみのりの横顔があった。穏やかな笑みが浮かぶ唇には、淡いピンク色がのっている。

きれいだと、あらためて思う。

「これからも。ずっと続けてね」

頷こうとして、少し言葉に詰まった。

できるのだろうか。そんな迷いが、ふっと頭を過《よ》ぎる。

みのりのいない世界で。みのりではない誰かに。ずっと、みのりのことを思い出しながら。

そうやって続けていくメイクは、きっと、とても苦しい。

「……当たり前だろ」

だけど。

たとえ、どれだけ苦しかったとしても。

「俺はやめない」

やめられる、わけがない。こんなものを見てしまったら。

こんな美しさを、俺が引き出せたのだと思ってしまったら。

「もう、今更やめられない。みのりのせいで」

「私のせい？」

「そうだよ」

そこにいる女の子は、本当に、世界でいちばん、きれいだと思った。

だからもう、俺はこの日の彼女を一生忘れられない。メイクをするたび、何度でも思い出すのだ。ずっと、ずっと。胸がひび割れるような、この痛みといっしょに。

そんな打ち消しがたい未来が苦しくて、うれしかった。

「最高傑作だよ」

「え」

「間違いなく、今日のみのりが」

みのりが歩くたび、白いワンピースの裾がふわりと揺れる。それと合わせて、ゆるいハーフアップにした彼女の髪も。なにもかも、完璧だった。こんなにも美しいものを、きっともうぜったいに、俺は見つけることができない。

だから。

「俺はメイクを続ける。ずっと。……みのりと、いっしょに」

「……うん。ありがとう」

たどり着いた祭壇の前、なんとなくみのりと向かい合って立ったところで、

「じゃあ、誓いますか」

「は？」

「さっきの約束。誓いますか？」

そうして正面から見つめたみのりの姿に、呆れるぐらいまた、俺は目を奪われてしまう。

「……誓います」

「では、誓いのキスを」

「なんだそれ」

みのりは笑っていた。はにかむように、幸せそうに。頬を赤くして、かすかに目を潤ませて。

そんな彼女を、俺はずっと見つめていた。あまりに美しくて、目が逸らせなかった。逸らしたくなかった。この目に、焼きつけたかった。

手を伸ばし、彼女の頬に触れる。みのりは軽く上を向いて、微笑んだまま目を閉じた。その目から一筋、涙が落ちる。その様すら途方もなく美しくて、目眩がする。

二度目のキスは、濡れていた。どちらの涙なのかは、よくわからなかったけれど。

顔を離すと、至近距離で目が合う。それが恥ずかしくてお互い笑うと、顔を隠すように彼女を抱きしめた。

「幸せ」

腕の中で、彼女が小さく呟くのが聞こえた。

「私、幸せだな」

なにか言いたかったけれどなにも言えそうになくて、俺はただ、抱きしめる腕に力を込めた。この両腕からなにかが伝わればいいと、そう願いながら。ただずっと、そうしていた。

——それが、みのりが目を覚ました、最後だった。

第六章　きみと歩いていく道

みのりの心臓が止まったのは、それから一ヶ月後のことだった。

彼女がいなくなってからの日々は、慌ただしかった。

というより、意識的に慌ただしくしていた。

まず、バイトを始めた。みのりの家に通い詰めていた放課後が、急に空っぽになるのが耐え難くて。

近所のドラッグストアを選んだのは、メイク用品を扱えることに惹かれたからだったけれど、働きはじめてすぐにひどく後悔した。その場所は、みのりとの思い出が色濃く残りすぎていたから。

最初の頃は、メイク用品コーナーに近づくことすらできなかった。通り過ぎるだけでも胸が締めつけられて、息ができなくなるほどだった。

だけど慣れない仕事の忙しさに追われる中、いつまでも感傷に浸っていられるような余裕もなかった。時間が経つにつれ、痛みはしだいに遠ざかっていった。否応なく。

そしてそれと同時に、美容系の専門学校のことを調べはじめた。

調べていくうちに知ったのは、ひとくちに美容系といっても、さまざまな職種、そしてそれに合わせたさまざまなカリキュラムがあること、そしてどこへ行くにしても、学費がそれなりにかかること。授業料だけでなく、メイクには欠かせない材料費等の出費がけっこうかさむことも、もうよく知っていた。

最初は後ろ向きな理由で始めたバイトも、いつしか、将来へ向けてちゃんとお金を貯めておきたい、という目標のためになった。

そしてそんな目標ができたところで、俺はようやく、家族にそれを伝えた。

口火を切るときは、さすがに手のひらに汗がにじむほど緊張した。ずっと、メイクに興味があることすら、言えずに隠しつづけてきたのだから。

けれど実際の母の反応は、拍子抜けするほどあっさりとしたものだった。

というより、なんだか察しがついていたみたいだった。

否定の言葉なんてひとつもなく、あっけらかんと受け止めて頷いてみせたあとで、

「よかった」と母は言った。心底うれしそうに、ほっとしたように。

「晴の本当にしたいものが見つかって。今の晴、前よりずっといい顔してるし」

応援する、と母は言ってくれた。

「それが晴のしたいことなら、なんでも。全力で」

母の中にあったのは、たぶんずっと、それだけだったのだと思う。

久しぶりにみのりの母から連絡があったのは、三月に入り、寒さが少し和らいだ頃だった。

およそ二ヶ月ぶりに訪れたみのりの家のリビングで、しばらく、みのりの母と他愛ない雑談をした。

「あのね、晴くん、これ」

話が一段落したところで、みのりの母は隣の部屋から小さな紙袋を持ってくると、テーブルに置いた。高級そうなその黒い紙袋に書かれた文字を、俺が驚いて眺めていると、

「みのりから。晴くんに渡してほしいって、預かってたの」

「……開けて、いいですか」

「うん、もちろん」

紙袋の中には、これまた高級そうな黒い箱が入っていた。

そっと取り出して蓋を開ける。中に並んでいたのは、大小さまざまなメイクブラシが七本。これまで俺が使っていた、ドラッグストアでそろえた安物とはまったく違う。毛先から金具、軸まで輝くような高級感に満ちた、職人の手作りを謳う、有名ブランドのメイクブラシだった。

密かに憧れていた、けれど値段を理由にあきらめていたそれを前に、俺があっけにとられていると、

「晴くん、もうすぐ誕生日なんでしょう?」

「あ……はい」

言われて思い出す。そういえばそうだった。すっかり忘れていた。数日後に誕生日が迫っていることも、以前、みのりと交わした会話のことも。

——じゃあ誕生日プレゼント、なにがいい？

「もし私が渡せなかったときはお母さんが晴くんに渡して、って頼まれてたの。みのりから晴くんに、誕生日プレゼントだって」

途端、それがスイッチを押したように、いっきに記憶がよみがえってきた。

少しも色褪せてなどいなかった。ぜんぶ、目の前で見ているかのような鮮明さで、瞼の裏に弾けた。

空き教室で出会った彼女。俺の落としたコンシーラーを見て、目を輝かせた、彼女の表情。すごい、とまっすぐに肯定してくれた彼女の声。俺の施したメイクを見て、心底うれしそうに笑った、彼女の笑顔。

……違う。

メイクブラシに触れる指先が、かすかに震える。

あの日俺が、欲しいと言ったのは。

俺が本当に、欲しかったものは。

「みのりが自分で選んだの。すごく迷って、悩んでて……でも、すごく楽しそうに」

なにか言わなければと思うのだけれど、喉の奥が熱くて、声が出せなかった。

ただ手にした箱をじっと見下ろしていたら、ふと、下のほうに小さなカードが入っていることに気づいた。

拾い上げ、裏返してみる。そこにあったのは、見慣れた、丸っこいみのりの文字。

《たくさん、魔法をかけてね》

──この手が魔法をかけてくれたの。

──晴くんはね、すごいんだよ。

あの日みのりがくれた言葉は、今の俺にとって、唯一の道しるべだった。

みのりが教えてくれた。

俺の好きなもの。俺のしたいこと。俺に、できること。

「ね、だから」泣きそうな声で、みのりの母が言葉を継ぐ。

「よかったら、もらってあげてね、晴くん」

だから、違う。

魔法にかけられたような心地だったのは、むしろ俺のほうだった。

あの日のみのりの笑顔に、一瞬で心臓を持っていかれた。

そして彼女のそんな美しさを引き出した、アイシャドウにも。

気づけば、好きで好きでたまらなくなっていた。もう、手放すなんて考えられないぐらいに。

彼女がいなくなったそのあとも、その熱だけは消えてくれなくて、それは間違いなく、彼女が遺していったもので。

だから。

「……おばさん」

「うん？」

「俺、夢ができて」

「え、なあに？」

「メイクアップアーティストに、なりたいなって」

それが唯一、彼女といっしょに生きていける道だと思った。

どれだけ勉強して、練習して、腕を上げたとしても。誰にどんなメイクをしたとしても。きっと、あの日の彼女を越えることなんてできないのかもしれないけれど。あの日の彼女の美しさばかり、追い求めてしまうのかもしれないけれど。

今は、それでいいと思った。

そうしたかった。

そうやって、彼女と共に、生きていければ。

うん、とみのりの母は穏やかに頷いて、カードを握る俺の手を、包み込むように触れた。

「応援してる」と微笑んで、それから小さく、「ありがとう」と呟いた。


初めて、みのり以外の子にメイクをする機会が訪れたのは、四月になって学年が上がり、進路希望用紙を提出した数日後のことだった。

「成田くん、あたし決めた」

二年生でも同じクラスになった宇佐美が、急に俺の席までやってきたかと思うと、出し抜けにそんなことを言いだして、

「クッキーのお詫《わ》び。ずっと考えてたんだけどさ」

クッキーって？とあやうく聞き返しかけて、思い出した。

半年ほど前、俺が宇佐美にもらったクッキーをゴミ箱に捨てたこと。なにか奢ってくれれば許す、とたしかに宇佐美は言っていた。

けれどあれきり彼女がそれについて何か言ってくることはなかったし、単にその場のノリで言っただけで、本気ではなかったのかと勝手に思っていたけれど、

「成田くん、あたしにメイクしてよ」

「……メイク？」

「うん。成田くん、そっち系の専門学校行くつもりなんでしょ」

こちらを見つめる宇佐美の顔は真剣だった。表情にも口調にも、それについて揶揄《やゆ》するような色はなかった。ただ少し好奇心に満ちた、子どもっぽい目で、

「あたし、一回誰かうまい人に、ちゃんとしたメイクしてもらいたかったんだ」

「……いいけど、べつに俺、うまくはないよ」

「なに言ってんの。プロ目指してる人がそんな弱気じゃだめじゃん！」

宇佐美は笑って俺の肩を叩いたけれど、その言葉は存外に、胸に刺さった。

たしかにそうだと思った。叩かれた肩の痛みに、背筋が伸びるような心地がする。

それが、ありがたかった。

「……そうだね」短く息を吸ってから、俺は頷くと、

「じゃあ、とびっきりかわいくしてやろう」

「お、言ったね！　じゃあさっそく！」

言うが早いか、宇佐美は自分の席のほうへ駆けていくと、鞄からポーチを取り出して持ってきた。そうして俺の机に、中から取りだしたアイシャドウやらリップやらを並べはじめたので、

「え、なに？　ここですんの？」

「もちろん！　お願いします！」

宇佐美は当然のように空いていた隣の席に座ると、こちらへ身体を向けた。そうしてためらいなく目を瞑ってみせた宇佐美に、俺は少し迷ってから、アイライナーを手に取る。

向かい合うと、久しぶりの心地よい緊張が指先に宿った。力がこもる。

「わ、なになに？　メイクしてんのー？」

「え、すごい！　成田くんが？」

教室内でそんなことをしているとさすがに目立ったらしく、わらわらとクラスメイトたちが寄ってきた。軽い人だかりができる。だけどあまり気にならなかった。色を載せはじめると、もう、目の前の宇佐美の顔しか見えなくなった。

華やかに色づいていくその顔に、高揚感が胸を満たす。

楽しい。

好きだ、とあらためて実感する。

やっぱり俺は、これがたまらなく。

「わあ、すごい！」

メイクを終えると、周りで見ていた女子が黄色い声を上げた。ひとりではなかった。

「え、やばい！　莉緒めっちゃかわいくなってる！」

「ほんとだ、成田マジでうまいじゃん！」

　次々に上がる声に囲まれながら、俺は宇佐美へ手鏡を差し出す。覗き込んだ宇佐美の目が驚いたように見開かれ、それからぱっと輝いた。

「すごい」と感動した声で宇佐美が呟く。彼女は続けて何か言いかけたようだったけれど、周りで絶え間なく響く声にかき消されてしまった。

「え、待って待って」いちばん近くで見ていた宇佐美の友達が、割り込むように机に身を乗り出してくる。

「次あたし！　あたしにもメイクしてほしいな！」

「私も私も！　成田くんお願い！」

「なあ、俺のニキビも隠してほしいんだけど！」

　ふと、前にもこんなふうに囲まれていたことを思い出す。ノートを貸して、と寄ってくるクラスメイトたちに。

　だけどあのときにはなかった、うれしさが胸に湧く。

　彼らが見ているのは、取り繕っている俺ではないから。

「……いいよ」

　頷きながら、あの日のみのりの笑顔を思い出す。たしかに俺が引き出した、あの、途方もなく美しい彼女の表情を。

　それさえあれば、俺はきっと、これからも迷わない。

俺にとっての世界でいちばん美しい女の子は、ずっと、あのみのりなのだ。今後、どんな人に出会っても。どんなメイクをしても。

それでいい。手が届かなくても、越えられなくても。ずっと追いつづけていられれば。

あの笑顔を道しるべに、俺は歩いていける。ずっと。——みのりと、いっしょに。

そう思えることが苦しくて、幸せだった。

あとがき

こんにちは、此見えこです。

このたびは、数ある本の中から『僕を残して、君のいない春がくる』をお手にとってくださり、本当にありがとうございます。


作中の晴にとってのメイクは、私にとっての小説と同じでした。

私は去年の八月にはじめて本を出したのですが、発売後もしばらく、本を出したことは誰にも言えませんでした。

どうしても、恥ずかしいという気持ちと、怖いという気持ちがあって。

小説を書くことは本当に小さな頃から大好きで、ずっと続けてきた趣味でした。だからこそ、その〝自分が好きでたまらないもの〟を誰かに否定されるのが怖くて。

だけどいざ打ち明けてみれば、とても温かい応援をたくさんもらいました。

デビュー前、私は投稿サイトで小説を書いていましたが、そこでも温かく応援してくださる読者さんがいました。

もちろん、私が小説を書きはじめた理由は〝好きだから〟で、それがいちばんの原動力であることは間違いありません。だけどそれだけでは、間違いなくここまで続けることはできなかったと思います。ここまで来られたのは、私の〝好き〟をまっすぐに肯定してくれて、応援してくれる人たちがいたからです。

それにどれだけ救われてきたのか、少しでも伝えられればいいな、と思いながらこのお話を書きました。

あらためて、いつも応援してくださる皆さまへ。この場を借りて感謝を伝えます。あなたがいたから、私は今も書きつづけることができています。

また、書籍化にあたりご尽力くださった皆さま、そしてなにより、この本をお手にとってくださった皆さま。本当に本当にありがとうございます。

なにか少しでも、皆さまの心に残るものがあったなら幸せです。

またどこかでお会いできますように。

此見えこ

この物語はフィクションです。実在の人物、団体等とは一切関係がありません。

此見えこ先生へのファンレターのあて先
〒104-0031　東京都中央区京橋1-3-1　八重洲口大栄ビル7F
スターツ出版（株）書籍編集部 気付
此見えこ先生

僕を残して、君のいない春がくる

2021年11月28日　初版第1刷発行
2022年5月23日　第2刷発行

著　者　此見えこ

発 行 人　菊地修一
デザイン　フォーマット　西村弘美
カバー　長﨑綾（next door design）
発 行 所　スターツ出版株式会社
〒104-0031
東京都中央区京橋1-3-1　八重洲口大栄ビル7F
出版マーケティンググループ　TEL 03-6202-0386
（ご注文等に関するお問い合わせ）
URL　https://starts-pub.jp/
印 刷 所　大日本印刷株式会社

Printed in Japan

ISBN　978-4-8137-1181-0　C0193

スターツ出版文庫　好評発売中!!

『交換ウソ日記3～ふたりのノート～』　櫻《さくら》いいよ・著

周りに流されやすい美久と、読書とひとりを好む景は、幼馴染。そして、元恋人でもある。だが高校では全くの疎遠だ。ある日、景は自分を名指しで「大嫌い」と書かれたノートを図書室で見つける。見知らぬ誰かに全否定され、たまらずノートに返事を書いた景。一方美久は、自分の落としたノートに返事をくれた誰かに興味を抱き、不思議な交換日記が始まるが…その相手が誰か気づいてしまい⁉ふたりは正体を偽ったままお互いの気持ちを探ろうとする。しかしそこには思いもしなかった本音が隠されていて――。

ISBN978-4-8137-1168-1／定価715円（本体650円+税10%）

『月夜に、散りゆく君と最後の恋をした』　木村《きむら》 咲《さき》・著

花屋の息子で嗅覚が人より鋭い明日太は同級生の無愛想美人・莉愛のことが気になっている。彼女から微かに花の香りがするからだ。しかし、その香りのワケは、彼女が患っている奇病・花化病のせいだった。花が好きな莉愛は明日太の花屋に通うようになりふたりは惹かれ合うが…臓器に花の根がはり体を蝕んでいくその病気は、彼女の余命を刻一刻と奪っていた。――無力で情けない僕だけど、「君だけは全力で守る」だから、生きて欲しい――そして命尽きる前、明日太は莉愛とある最後の約束をする。

ISBN978-4-8137-1167-4／定価638円（本体580円+税10%）

『鬼の生贄花嫁と甘い契りを』　湊《みなと》 祥《しょう》・著

赤い瞳を持って生まれ、幼いころから家族に虐げられ育った凛。あることがきっかけで不運にも凛は鬼が好む珍しい血を持つことが発覚する。そして生贄花嫁となり、鬼に血を吸われ命を終えると諦めていた凛だったが、颯爽と迎えに現れた鬼・伊吹はひと目で心奪われるほどに見目麗しく色気のある男性だった。「俺の大切な花嫁だ。丁重に扱え」伊吹はありのままの凛を溺愛し、血を吸う代わりに毎日甘い口づけをしてくれる。凛の凍てついた心は少しずつ溶け、伊吹の花嫁として居場所を見つけていき…。

ISBN978-4-8137-1169-8／定価671円（本体610円+税10%）

『大正ロマン政略婚姻譚』　朝比奈希夜《あさひなきよ》・著

時は大正十年。没落華族令嬢の郁子は、吉原へ売り渡されそうなところを偶然居合わせた紡績会社御曹司・敏正に助けられる。『なぜ私にそこまでしてくれるの…』と不思議に思う郁子だったが、事業拡大を狙う敏正に「俺と結婚しよう」と政略結婚を持ちかけられ…。突然の提案に郁子は戸惑いながらも受け入れる。お互いの利益のためだけに選んだ愛のない結婚のはずが、敏正の独占欲で過保護に愛されて…。甘い言葉をかけてくれる敏正に郁子は次第に惹かれていく。限定書き下ろし番外編付き。

ISBN978-4-8137-1170-4／定価682円（本体620円+税10%）

スターツ出版文庫　好評発売中!!

『記憶喪失の君と、君だけを忘れてしまった僕。2〜夢を編む世界〜』　小《こ》鳥《とり》居《い》ほたる・著

生きる希望もなく過ごす高校生の有希は、一冊の本に出会い小説家を志す。やがて作家デビューを果たすが、挫折を味わいまた希望を失ってしまう。そんな中、なぜか有希の正体が作家だと知る男・佐倉が現れる。口の悪い彼を最初は嫌っていた有希だが、閉ざしていた心に踏み込んでくる彼にいつしか救われていく。しかし佐倉には結ばれることが許されぬ秘密があった。有希は彼の幸せのために身を引くべきか、想いを伝えるべきか揺れ動くが…。その矢先、彼を悲劇的な運命が襲い——。1巻の秘密が明らかに⁉ 切ない感動作、第2弾！

ISBN978-4-8137-1139-1／定価693円（本体630円+税10%）

『半透明の君へ』　春《はる》田《た》モカ・著

あるトラウマが原因で教室内では声が出せない“場面緘黙症”を患っている高2の柚葵。透明人間のように過ごしていたある日、クールな陸上部のエース・成瀬がなぜか度々柚葵を助けてくれるように。まるで、彼に自分の声が聞こえているようだと不思議に思っていると、成瀬から突然『人の心が読めるんだ』と告白される。少しずつふたりは距離を縮め惹かれ合っていくけれど、成瀬と柚葵の間には、ある切なすぎる過去が隠されていた…。“消えたい”と“生きたい”の間で葛藤するふたりが向き合うとき、未来が動き出す——。

ISBN978-4-8137-1141-4／定価671円（本体610円+税10%）

『山神様のあやかし保育園二〜妖こどもに囲まれて誓いの口づけいたします〜』　皐《さ》月《つき》なおみ・著

お互いの想いを伝え合い、晴れて婚約できた保育士のぞみと山神様の紅。同居生活をスタートして彼からの溺愛は増すばかり。でも、あやかし界の頂点である大神様のお許しがないと結婚できないことが発覚。ふたりであやかしの都へ向かうと、多妻を持つ女好きな大神様にのぞみが見初められてしまい…。さらに大神様の令嬢、雪女のふぶきちゃんも保育園に入園してきて一波乱⁉果たしてふたりは無事結婚のお許しをもらえるのか…？保育園舞台の神様×保育士ラブコメ、第二弾！

ISBN978-4-8137-1140-7／定価693円（本体630円+税10%）

『京の鬼神と甘い契約〜天涯孤独のかりそめ花嫁〜』　栗《くり》栖《す》ひよ子・著

幼い頃に両親を亡くし、京都の和菓子店を営む祖父のもとで働く茜は、特別鋭い味覚を持っていた。そんなある日、祖父が急死し店を弟子に奪われてしまう。追放された茜の前に浮世離れした美しさを纏う鬼神・伊吹が現れる。「俺と契約しよう。お前の舌が欲しい」そう甘く迫ってくる彼は、身寄りのない茜を彼の和菓子店で雇ってくれるという。しかし伊吹が提示してきた条件は、なんと彼の花嫁になることで…⁉祖父の店を取り戻すまでの期限付きで、俺様&溺愛気質な伊吹との甘くキケンな偽装結婚生活が始まって——。

ISBN978-4-8137-1142-1／定価638円（本体580円+税10%）

スターツ出版文庫　好評発売中!!

『今夜、きみの声が聴こえる～あの夏を忘れない～』　いぬじゅん・著

高２の咲希は、幼馴染の奏太に想いを寄せるも、関係が壊れるのを恐れて告白できずにいた。そんな中、奏太が突然、事故で亡くなってしまう。彼の死を受け止められず苦しむ咲希は、導かれるように、祖母の形見の古いラジオをつける。すると、そこから死んだはずの奏太の声が聴こえ、気づけば事故が起きる前に時間が巻き戻っていて——。咲希は奏太が死ぬ運命を変えようと、何度も時を巻き戻す。しかし、運命を変えるには、代償としてある悲しい決断をする必要があった…。ラスト明かされる予想外の秘密に、涙溢れる感動、再び！

ISBN978-4-8137-1124-7／定価682円（本体620円＋税10%）

『余命一年の君が僕に残してくれたもの』　日《ひ》野《の》祐《ゆう》希《き》・著

母の死をきっかけに幸せを遠ざけ、希望を見失ってしまった瑞樹。そんなある日、季節外れの転校生・美咲がやってくる。放課後、瑞樹の図書委員の仕事を美咲が手伝ってくれることに。ふたりの距離も縮まってきたところ、美咲の余命がわずかなことを突然打ち明けられ…。「私が死ぬまでにやりたいことに付き合ってほしい」——瑞樹は彼女のために奔走する。でも、彼女にはまだ隠された秘密があった——。人見知りな瑞樹と天真爛漫な美咲。正反対のふたりの期限付き純愛物語。

ISBN978-4-8137-1126-1／定価649円（本体590円＋税10%）

『かりそめ夫婦の育神日誌～神様双子、育てます～』　編乃《あみの》　肌《はだ》・著

同僚に婚約破棄され、職も住まいも全て失ったみずほ。そんなある日、突然現れたのは、水色の瞳に冷ややかさを宿した美神様・水明。そしてみずほは、まだおチビな風神雷神の母親に任命される。しかも、神様を育てるために、水明と夫婦の契りを結ぶことが決定していて…!?「今日から俺が愛してやるから覚悟しとけよ？」強引な水明の求婚で、いきなり始まったかりそめ家族生活。不器用な母親のみずほだけど、「まぁま、だいちゅき」と懐く雷太と風子。かりそめの関係だったはずが、可愛い子供達と水明に溺愛される毎日で——!?

ISBN978-4-8137-1125-4／定価682円（本体620円＋税10%）

『後宮妃は龍神の生贄花嫁　五神山物語』　唐澤《からさわ》和《かず》希《き》・著

有能な姉と比較され、両親に虐げられて育った黄煉花。後宮入りするも、不運にも煉花は姉の策略で身代わりとして恐ろしい龍神の生贄花嫁に選ばれてしまう。絶望の淵で山奥に向かうと、そこで出迎えてくれたのは見目麗しい男・青嵐だった。期限付きで始まった共同生活だが、徐々に距離は縮まり、ふたりは結ばれる。そして妊娠が発覚！しかし、突然ふたりは無情な運命に引き裂かれ…「彼の子を産みたい」とひとり隠れて産むことを決意するが…。「もう離さない」ふたりの愛の行く末は!?

ISBN978-4-8137-1127-8／定価660円（本体600円＋税10%）

スターツ出版文庫　好評発売中!!

『今夜、きみの涙は僕の瞬く星になる』　此見《このみ》えこ・著

恋愛のトラウマのせいで、自分に自信が持てないかの子。あるきっかけで隣の席の佐々原とメールを始めるが突然告白される。学校で人気の彼がなぜ地味な私に？違和感を覚えつつも付き合うことに。しかし、彼はかの子にある嘘をついていて…。それでもかの子は彼の優しさだけは嘘だとは思えなかった。「君に出会う日をずっと待ってた」彼がかの子を求めた本当の理由とは…？星の見える夜、かの子は彼を救うためある行動に出る。そして見つけたふたりを結ぶ真実とは——。切なくも希望に満ちた純愛物語。

ISBN978-4-8137-1095-0／定価660円（本体600円+税10%）

『後宮の寵姫は七彩の占師』　喜咲冬子《きさきとうこ》・著

異能一族の娘・翠玉は七色に光る糸を操る占師。過去の因縁のせいで虐げられ生きてきた。ある日、客として現れた気品漂う美男が後宮を蝕む呪いを解いて欲しいと言う。彼の正体は因縁の一族の皇帝・啓進だった！そんな中、突如賊に襲われた翠玉はあろうことか啓進に守られてしまう。住居を失い途方にくれる翠玉。しかし、啓進は事も無げに「俺の妻になればいい」と強引に後宮入りを迫ってきて…⁉かくして“偽装夫婦”となった因縁のふたりが後宮の呪いに挑む——。後宮シンデレラ物語。

ISBN978-4-8137-1096-7／定価726円（本体660円+税10%）

『鬼の花嫁三～龍に護られし娘～』　クレハ・著

あやかしの頂点に立つ鬼、鬼龍院の次期当主・玲夜の花嫁となってしばらく経ち、玲夜の柚子に対する溺愛も増すばかり。柚子はかくりよ学園の大学二年となり順調に花嫁修業を積んでいた。そんな中、人間界のトップで、龍の加護を持つ一族の令嬢・一龍斎ミコトが現れる。お見合いを取りつけて花嫁の座を奪おうとするミコトに対し、自分が花嫁にふさわしいのか不安になる柚子。「お前を手放しはしない」と玲夜に寵愛されてつつも、ミコトの登場で柚子と玲夜の関係に危機…⁉あやかしと人間の和風恋愛ファンタジー第三弾！

ISBN978-4-8137-1097-4／定価693円（本体630円＋税10%）

『縁結びのしあわせ骨董カフェ～もふもふ猫と恋するふたりがご案内～』　蒼井紬希《あおいつむぎ》・著

幼いころから人の心が読めてしまうという特殊能力を持つ凛音。能力のせいで恋人なし、仕事なしのどん底な毎日を送っていた。だが、ある日突然届いた一通の手紙に導かれ、差出人の元へ向かうと…そこには骨董品に宿る記憶を紐解き、ご縁を結ぶ「骨董カフェ」だった⁉イケメン店主・時生に雇われ住み込みで働くことになった凛音は、突然の同居生活にドキドキしながらも、お客様の骨董品を探し、ご縁を結んでいき…。しあわせな気持ちになれる、もふもふ恋愛ファンタジー。

ISBN978-4-8137-1098-1／定価682円（本体620円＋税10%）

書店店頭にご希望の本がない場合は、書店にてご注文いただけます。